旅伴文库·散文精品城际阅读

聂震宁／总主编
王剑冰／主编

去额尔古纳的几种方式

徐则臣——著
颜新元——绘

漓江出版社

图书在版编目 (CIP) 数据

去额尔古纳的几种方式 / 徐则臣著 . — 桂林：漓江出版社，2018.9
ISBN 978-7-5407-8453-9

Ⅰ. ①去… Ⅱ. ①徐… Ⅲ. ①散文集 – 中国 – 当代 Ⅳ. ① I267

中国版本图书馆 CIP 数据核字（2018）第 135634 号

QU E' ERGUNA DE JIZHONG FANGSHI
去额尔古纳的几种方式
徐则臣 著
颜新元 绘

责任编辑：张 谦
助理编辑：谢青芸
书籍设计：石绍康
责任监印：杨 东

出版人：刘迪才
漓江出版社有限公司出版发行
广西桂林市南环路 22 号 邮政编码：541002
网址：http://www.lijiangbook.com
全国新华书店经销
销售热线：0773-2583322 010-85893190
三河市西华印务有限公司
（河北省三河市泃阳镇化甲屯小学东 邮政编码：065200）
开本：880mm × 1230mm 1/32
印张：6 字数：60 千字 插页：16
2018 年 9 月第 1 版 2018 年 9 月第 1 次印刷
定价：35.00 元

目 录

Contents

总 序

聂震宁

《旅伴文库》乃应时而生的出版项目。当今之世，既是提倡全民阅读之时，又是高铁出行渐成趋势之际，正应了古人“读万卷书，行万里路”的人生信条。究其实，现代交通工具大大方便了百姓的出行，旅行几乎成了普通民众的一种生活常态，令“千里江陵一日还”有了现代意味。而全民阅读则还在国家、社会的提倡中，有识之士一直在呼吁让阅读成为一种生活方式，可是，要达到这一点要求，似乎还比较难；唯其难，故而需要多方设法推动，长期用心提倡。漓江出版社策划设计这一文库，既顺应了现代人出行的方便，更是推崇全民阅读，颇具趁旅行热潮助推全民阅读，借全民阅读提升旅行质量的匠心。

相比较已经形成热潮的出行，全民阅读还不够热。尽管国家为促进全民阅读立法，各级政府为全民阅读提供支持，每年“世界读书日”各地开展活动有声有色，“书香中国”活动在全国范围风生水起，家庭阅读、校园阅读、社区阅读、机关阅读渐次开展，然而，平心而论，这些大都还是在外力推动下的阅读，距离“让阅读成为一种生活方式”的目标还有长路要走。那么，如何才有望接近于这一目标呢？我们以为，让阅读与日常生活相伴或许是努力的基本方向。当民众出行热潮形成，包括旅游在内的旅行已经成为普通百姓的一种生活方式，提倡在旅途中阅读乃是顺理成章的事情。国际上曾有过“中国人不爱读书”的负面评价，评价者举证的，正是旅行途中许多欧美人在读书，而许多中国人并不读书的现象。那么，要改变这一国际负面印象，最直接的办法就是让更多的中国人在旅行途中读起书来。当然，在旅行途中读书并非为了做样子给国际人士观赏，而是全民阅读之树必然开出的日常生活阅读之花。《旅伴文库》正是为了催生这美丽的花朵而做出的努力。所谓“人生漫旅，好书伴你”，是该文库在广义层面的取意。

事实上，开展在旅行途中的阅读生活，对于提高我国旅游事业的质量也是大有裨益的。对于国人的旅行生活，一直都有某些负面的评价，认为盲目、简单、粗糙，缺少文化内涵和审美情趣，其中有一个我们前面已经提及的负面评价：中国人在旅行途中几乎都不读书。这些负面评价已经成为国民文化素质不高的重要证据。知书达理或知书达礼，不爱读书的民族谈何文化内涵和审美情趣！于是，近些年来，就有许多关于改善旅行生活，提高旅行质量的意见提出，其中有一条意见颇具感染力，那就是“带一本书去旅行”。

“带一本书去旅行”，其直接的用意是让人们在旅行途中闲暇时刻不至于无所事事。人在百无聊赖时，“第一等好事还是读书”，让休闲的状态也有优雅的生活方式，而阅读正是一个人最优雅的生活状态。旅行是一个发现美、欣赏美的历程，“带一本书去旅行”，读书可以明理，可以直接帮助我们丰富旅行知识，探寻美的存在，增加旅行的深度和厚度。旅行即意味着暂时摆脱日常世俗生活的纷扰，暂时忘却生活中某些庸俗无聊的烦恼，所谓“偷得浮生半日闲”，让身心得到休养；“带一本书去旅行”，可以让一本好书帮助我们超凡脱俗，让一本好书优雅的精神气质在旅途上陪伴我们的灵魂，让一次次旅行成为与一本本好书相伴随的精神之旅。

应时而生的《旅伴文库》其主旨便是倡导“带一本书在路上”，让精品图书成为旅行者的精神伴侣，在旅行热潮扑面而来的同时，也要让全民阅读热潮相伴而去，让“读万卷书，行万里路”成为现实。

为了旅途上阅读而设计的《旅伴文库》，自然要更多顾及旅行阅读的特点。旅行阅读当然是各有所好，可专门为旅行者编撰的图书，则要更多体现旅行者阅读的便捷、休闲、审美、精粹等需求特点。《旅伴文库》的三个子系列设计得很具匠心。其中，“散文精品城际阅读——中国当代散文精品七人展”系列，一年只选七位散文家，颇有“七剑下天山”的气概；每人每本不过5万字，极大突出了精选的精神，再配上贴切而有意趣的插图，有的就是作家本人所绘。“漓江的书，买了再说”，是20多年前本人在漓江出版社社长任上为该社拟定的广告语，如此的自信自诩，竟然在这个系列的设计中重新得以体会到。其他系列目前还在筹备阶段，基于出版社选题信息的保护，这里暂不细说，预期当能吸引眼球而令人想要一睹为快。

《旅伴文库》各个子系列的设计，显然走的是精品精读的路线。这是出版社此项目主持者的原则，也是编选工作的实际状况。“散文精品城际阅读”（2018）系列所编选的七人七种散文集即如此。在邀约散文名家加盟过程中，编选者主张作品优先，内容为王，名人也须出力作，否则宁可给新人新作以展示的机会。著名军旅作家朱秀海曾以其编剧的电视剧《乔家大院》《天地民心》等闻名于世，也曾以散文集《山在山的深处》享誉散文界，这次以名篇散文《一个人的车站》为书名新编新集，值得一读。致力于散文写作和研究的王剑冰，曾以《绝版的周庄》享誉海内外，为此旅游名胜江南古镇周庄几与王剑冰结成不解之缘，此番他又以《水墨周庄》为题加盟，旅途上的读者怎能放过不读？徐则臣，这位“70后”的作家曾凭借《如果大雪封门》获得第六届鲁迅文学奖短篇小说奖，其作品被誉为“标示出了一个人在青年时代可能达到的灵魂眼界”，此次精选了他写作近20年来的散文作品，相信能让读者感受到他的写作脉络。至于刘亮程，我不能不多说几句。2016年7月本人参加全国政协民族文化考察组去往新疆，在当地政协的安排下到了博格达山脉北麓的木垒哈萨克自治县英格堡乡菜籽沟村，造访了刘亮程的“一个人的村庄”——菜籽沟村，那是这位极具理想主义和人文情怀的散文家以一己之力挽救重建的“菜籽沟艺术家村落”，当时已初具规模，吸引了各类艺术家入驻。我们到村落里刘亮程的木垒书院参观，那天书院主人不在，是他的助手开门揖客。听了一些简要介绍，参加考察的政协委员无不感叹这位著名散文作家的文化情怀。本次他携新编散文集《半路上的库车》加盟，并且在书中插入他自己的画作，那画作既有西北少数民族的风情，又有作家与生俱来的文人画作韵味，可以让读者更为走近这位散文名家。

上述四位入选作家自然是读者相当熟悉的名人，他们的加盟可以体现《旅伴文库》的感召力和他们的合作诚意。可我们还要为几位散文界的新人入选而欣喜。陈彤虽然是多部电视剧如《新结婚时代》(合作)、《马文的战争》的著名编剧，可是在散文界仍是清新面孔，这次应邀以散文集《玻璃栈道》加盟，其人其文其气质的清新将是旅行者的最佳伴侣。董谦先生自称除22年新闻从业经验外，别无所长，一米九几的大高个，在深圳做了几年报社的副总，却因乡心难却，返身回到湖南汨罗乡下，亲自种稻，一心要种出无农药无化肥无转基因的生态大米，这次他给我们带来的《种稻记》，个中情趣自不待言。最后，我们还要加倍地关注阿德，他是散文写作界真正的新人，作为香港青年，漂内地十年，寻找家国认同感，这样的散文注定会让内地读者既觉得亲切又需要仔细咀嚼。

作为《旅伴文库》最先面世的第一个系列，“散文精品城际阅读”（2018）系列的七人七书可以称得上是精选精编而成，给我们浑然一体的感觉。对此，出版社是信心满满，相信读者也能兴趣满满。而对于整套文库后续的编选出版工作，则应当说是有了一个好的开头。管中可以窥豹，开局能见气象，相信《旅伴文库》是能够成为众多旅行者满意的伴侣的。

2017 年 9 月于贵州、广西、北京旅次中

聂震宁，全国政协委员，中国出版协会副理事长，中国韬奋基金会理事长，中国作协全国委员会名誉委员，《旅伴文库》总主编。

大地上的事情

一辈子没出过村子的人

黄杨木的板门先于村庄醒来。她从长满青苔的小屋里伸出头来，外面的雾很大，两步之外什么都看不见，鸡还在叫，叫声被雾胶住了，极不清爽。除了偷鸡摸狗的小贼，她是第一个起床的人。路上积着大雾、石子和牲畜的粪便，她走得不着急，从从容容地从村子最南边往北走。裤子上扎着绑腿，细脚伶仃的，走路像踩高跷，随时都可能倒下，把脆弱的骨头折断。幸好还有一根拐杖，楝树木的，坚韧耐腐，几

一輩子沒出过村子的人

十年用下来被磨得光光亮亮。拐杖在为她探路，磕走了一个个小石子，“噗”，拐杖插到一堆牛粪里。她停下来，低头对着牛粪看了一会儿，然后跟雾说：“拾粪的到哪儿去了？”又继续走几步，停下来说：“没人拾粪啦。”

她慢慢地接近村子，越来越清晰地听到许多人家开门和泼水的声音。小孩在床上就哭开了，咧着小嘴，脸上一摊水，分不清是眼泪还是鼻涕。不许哭，再哭狼就来了。狼见过吗？毛茸茸的，像你外婆的头发。有黄牛在哞哞地叫，被主人牵着从畸形的石头垒成的院门里出来，一路撒着热腾腾的尿。“起啦？”她问。“起啦，”牵牛的老人回答说，“你又过来啦。”她用拐杖戳戳地面，说：“一路看过来啦。唉，你知道，我一辈子没出过村子。”

雾还是那么浓，但村庄里热闹多了，说话的声音盖过了黎明的声音。压水井都在吱嘎吱嘎地响，突突突地往外流水。几个人坐在屋角说话时，她走过来了。一个说："看，她又来了。"第二个说："走吧，别和她啰唆了。"第三个说："咱说咱的，不管她。"她蹦呀蹦地走到他们面前，抹了一把脸上的雾水，说："你们都起啦。你知道，我一辈子没出过村子的。"没有一个人出声，都盯着看地上的蚂蚁，把一块尖角的石头伸过去，让蚂蚁爬上去。上去，上去。蚂蚁一定以为它爬到了一座山上，比如说泰山，也可能是黄山。她在他们面前站了一会儿，拐杖又磕磕地点地走了。临走时她说："你们知道的，我真的一辈子没出过村子。"

三个人又开始说话。一个说："她多大了？一百岁还是一百一十岁？"第二个说："老糊涂了，见谁都说。"第三个说："她怎么还不死呢？她死了我们难受，她不死我们更难受。"

算命瞎子

算命瞎子走在回家的路上。夕阳很大，像剖开

算命瞎子
蔡皋
2018

的鸭蛋黄悬在西半天，天底下一片天鹅绒的温暖的味道。瞎子的背影瘦弱，窄窄的骨头和薄薄的身板，陈旧的中山服穿在他身上，像挂在一根枯枝上。所以，从后面看，他像一片被秋风吹干了的叶子向太阳飘去。他刚从身后的那个村子里出来，和过去的许多年一样，他在村子的街巷里穿行，敲一下左手里的小锣喊一声："算命拆字啰！"走在他前面的是他的细竹竿，指指点点地告诉他，这儿能走，那儿不能走。

瞎子就是瞎子，什么都看不见，眼睛的位置上只有两堆凹陷的皱在一起的皮肤，像嵌着的两个发霉的核桃。头发也不多，在秋风里一根根竖起，高矮不齐有些混乱，看了让人觉得秋风吹进了自己的心里。他走得很慢，斜挎一个用来装干粮和水的黄书包，书包不停地拍打他干瘦的臀部。这条路连着好几个村子，瞎子的家在斜对面的那个方向。路上布满石子和牛蹄印，坑坑洼洼的，惹得锣槌一下一下地轻敲发亮的小锣。当。当。当。

道路的一边是田野，另一边还是田野。田野里零散地卧着几座老坟，坟头上爬满了荒草，在黄昏的风里招摇远望。瞎子感觉得到下午五点钟的凉风从左边的坟上吹过来，掠过他和他的衣服他的书包他的小锣他的竹竿，吹到右边的田野里。风像水一样漫过去，发出泥土被淹没的声音。前面有几条相隔很近的岔路，一条通往另一个村庄，一条通向他的家，其他几条通向不知去处的地方。他饿得厉害，感觉是很多年没吃过米饭了。米饭是什么味？他想不起来，米是什么模样他也记不得了。黄书包里空荡荡的，除了几个硬币，这是他一天的收入。从早上他就在巷子里敲响小锣，他比黎明来得还早。要算命的老太太代她女儿问将来的命运，他把她女儿的生辰八字像诵经一样在嘴里念叨了三十遍，然后微笑着说："闺女好命啊，嫁能嫁贵人，生也是龙凤胎，真是好命。我算了这么多年的命，从没见过这么好的命相。"他很高兴地对着老太太的方向笑，他不知道自己的笑是什么样子，但他相信对方一定能看到，并且会相信这笑是发自内心，是由神提前安排好的。这笑无所不知，一切美好的东西都在这笑里头。后来老太太就给了他几个硬币，报酬他开通了女儿未来的幸福之路。

现在他很想对着走了几十年的路也笑一回，但是怎么也笑不出，他太饿了。笑它跑到哪儿去了呢？他有点着急，越着急越笑不出。突然，他站住了，竹竿停在空中好一会儿才落到地上，接着就在地上抖动。他应该拐上回家的小路了，可是他不知道往哪条路上走了。他站在几条路的中间，有的已经走过了，有的还在前头，还有的在身后。他像风卷起的泥土那样在路中央转起圈来，他突然就找不到回家的路了。他把竹竿磕得啪啪直响，小锣也密密地敲，慌乱的声音在周围往返。天地间灰蒙蒙一片，他看不见的太阳已经落尽，但是他知道时间不早了，没有比饥饿的肚子告诉他的时间更准确的了。

路边出现一个小孩。小孩对他说：“往前走两步，右边的那条。”瞎子像突然得到了神谕，一下子笑了，他转向小孩，举着小锣让小孩听到他的锣声。“你是谁？”他问。小孩回答说：“我是小孩，你上次给我饼吃的那个小孩。”“噢，”瞎子仰脸向天，一副恍然大悟的样子，“给饼吃的那个小孩？到底是哪一个？哎呀，记不得啦，人老了记性就不行了。”小孩又说：“往前走两步，右边的那条。”瞎子又噢噢两声，笑着自言自语说：“往前走两步，右边的那条。”按着小孩指点的道路走去了。

夜幕垂帘，天已经完全黑下来。小孩站在路边看着被黑暗消融将尽的算命先生的背影，咕哝着说：“错啦，那不是他回家的路。为什么不掐指算一算呢，他不是什么都知道吗？”

开往北京的火车

巨大的平原上伏卧着一个村庄，村子不大，房屋稀疏茅檐低小。秋风从远方刮过来，茅草枯黄，在风中抖索摇摆。所有即将死去的植物都在向风和大地俯首贴近。一群孩子从村中的某条积满黄土的巷子里出来，穿着短小的单衣，裸露着被风吹干的皮肤，脖颈和脚踝很黑，他们好多天没能洗上热水澡了。他们又一次来到村边，这个时候火车总要如期而至，轰隆隆地从村边经过。他们就是来看火车从他们面前经过的，这是他们认识范围内的最为隆重的事情，晚饭也要等到火车过去后再吃。父母常常不准他们在晚饭时来到铁路边上，但是爷爷奶奶鼓励他们。老人们大多都是一辈子没出过村子的人，他们想让孩子到外面去看看。但是，村庄与村庄之间相隔是如此遥远，他们用自己的双脚一辈子都没能到达另外一个地方。所以他们对吵着要看火车的孩子们说，去吧，去看火车吧。

孩子们在火车到来之前只能张望大野。辽阔啊辽阔，望不到尽头，只有低矮的树丛把村庄围成一圈。地球是圆的，这是真理，他们也看到了一个圆，而村庄正坐落在这个圆的中央，他们站在了地球的中心位置上。在泥土上打一个舒展的滚是让人高兴的，但是天有些冷，泥土也僵硬，孩子们身体皱巴巴地缩起来，腿脚施展不开。所以他们只好两脚踩着明亮的铁轨，眼睛盯着远方，手里攥着几根金黄的草叶，偶尔低下头到铁轨中间寻找圆滑的石子，作为弹弓的子弹来打鸟。

轰隆隆，嗡嗡嗡，铁轨在震颤发声，火车来了。火车来啦，火车来啦，他们叫喊起来。他们看到了远道而来的火车像一头方方正正的猛兽，迎着他们疾驰而来。他们从铁轨上跳下来，排成整齐的一条长队迎接火车的到来，在它将要从面前经过的时候拍起了巴掌，直到车尾也离开，直到他们拍红了手掌心。然后嗷嗷地叫起来，跟着火车奔跑。他们想追上它，因为有一扇窗户里的一个孩子的脸他们没看清楚，他们想弄明白那是男孩还是女孩，那孩子从哪里来，要到哪里去。但是他们没追上，所以火车遗留下来的问题只好通过争论来解决。

年龄最大的孩子无疑是权威，他自信地说："从北京来。"孩子们又问："那要到哪里去？"权威有些不自信了，但他还是公布了他的答案："要到北京去。"这个答案孩子们不能服气，从北京来，又要到北京去，这路该怎么走呀？权威犹豫了一会儿，说："所以要坐火车呀。"他又说："除了去北京，谁需要坐火车呢？还有，如果不从北京来，谁又能坐上火车呢？"孩子们不说话了。是啊，没错的，火车应该从北京来，也应该到北京去，除了北京，它还能到哪儿去呢？他们不知道还有什么地方可以让最隆重的火车开进开出，他们也不知道北京之外还有什么更大的地方。北京显然是中国最大的地方，北京最大的门显然是天安门，因为他们从小就知道，中国有个北京，北京有个天安门。他们相信了权威的答案，因为在此之前没有人告诉他们，中国还有个其他的什么地方，这个地方还有个什么门。随后问题又出来了，年纪最小个头最矮的孩子无法看得更远，他看不到北京在哪儿，于是他问权威的孩子："北京在哪里呀？"权威很自豪地说："在火车要去的地方。"年幼的孩子歪头想了半天，终于明白了，对，北京就在火车要去的地方，火车都有了，北京还能没有吗？

争论终于结束了。巷子里响起父母呼唤他们吃晚饭的声音，他们决定回去，跟着权威的孩子排成队走回村子。他们要告诉爷爷奶奶爸爸妈妈一个秘密：那火车是从北京来的，它还要到北京去。

祖父的早晨

一大早，他坐在秋风里。门前有两棵白杨，左边一棵，右边一棵。他倚着左边那棵的树干，坐在一只拴着藤条的小马扎上。杨树叶跟着秋风在地上转圈子，转来转去都堆到他面前，把他的两只脚埋了进去。吱呀一声门响，他心头一亮，转过脸看从门后伸出来的那个头。孙子扶着门连打了三个哈欠，问他：“爷爷，你坐在这里干什么？”他说：“没干什么。年纪大了睡不着，过来坐坐。”他和儿子一家分开住，两个院子，有什么事要转过一个街角才能来到儿子的门前。孙子把门打开，让他进屋坐，外头风凉，要吹出毛病的。他说没有什么，在风里都活了七八十年了，就想坐坐，贴着门坐坐。孙子在门前站了一会儿，说：“爷爷，那我回去收拾了。”

他安静地坐在门前，他也不知道自己想干什么。鸡叫头遍的时候他就醒了，怎么也睡不着。他就睁着眼听黑暗里的风声，风像一面面旗子从窗户外快速地飘过。之前他做了一夜的梦，一辈子也没做过这么多的梦。他梦见孙子一下一下地长大，一个梦里长大一次，连孙子刚生下来的模样都梦到了。这梦真是好，他清醒的时候曾花了整整半天时间都没能想起光溜溜的小生命是如何哭出第一声的。梦太多了，断断续续地像竹子似的一节一节地从睡眠里长出来。竹梢让他难过，他梦见孙子被火车带跑了。火车跑得太快，他来不及喊一声，铁轨又太长，遥遥地看不见尽头，他梦见孙子被火车载向了没有尽头的远方。然后就醒了，翻来覆去地想那辆无限奔跑下去的火车。

从鸡叫第二遍起，他在门前一直坐到现在，老想着自己是不是丢了什么东西，摊开树叶仔细找找，什么都没找到。来来回回找了好几次，后来不再找了。什么东西都一样，找了三次都找不到，就不要再找了。就这样坐坐吧，也蛮好。儿子和媳妇从屋子里出来，让爹到里面坐，外头凉，担心冻坏了爹。他把手插在袖笼里，哑着嗓子说："我就坐坐。你们忙，多给带几件衣服，还有吃的。"

秋天的早晨总是阴惨惨的，所有的早晨都像要下雨。树叶还在堆积，一片两片地往他脚上爬。他坐在小马扎上慢慢地安下心来，坐得很稳，风吹不动他。就是脸和手有些干，摸上去沙沙响，像白杨树上剥落的皮。孙子端着热腾腾的饭碗走到他跟前，说："爷爷，吃饭了。”他看看孙子，心里也热腾腾地煮起了面。“不饿，”他说，“我就坐坐，快点儿吃，别误了火车。”孙子没办法，只好自己吃，吃饭的时候他伸头看祖父，他还端端正正地坐在那里，像个小学生，半覆着袖子的双手平放在并拢的膝盖上。

孙子收拾好了，提着行李从屋子里走出来，身后跟着爹妈。“爷爷，我走了，你在意身体呀，天凉了。”孙子说。他扶着白杨树站起来，怎么站都站不直，只好弓着腰双手背在身后，右手拎着马扎。他说：“走吧。走吧。”跟在他们后面一起往前走。巷子窄窄的，雨天留下的车辙把路面切成了条条块块，沟沟坎坎里积满了碎草和干结的牛粪渣。一路都有树叶贴着地走，一直走到巷子尽头。儿子和媳妇喋喋不休地叮嘱他们的儿子，两个人争着说。他听不清他们在说什么，他们说得实在太多了。他跟在他们后面慢慢走，小马扎一下一下拍打身体。他低头看地上孙子留下的脚印，把自己的也放上去，发现小多了，这个发现让他安妥了很多。他听到孙子在说话，孙子说：“别送了，回吧。”

他没说话，四处看看，找了一块平整的地方把马扎放好，撑着膝盖坐下。孙子又说：“爷，回吧。”他说：“你走你的，我就坐坐。坐坐。”他的目光跟着落叶继续往前走，走上眼前的大道，这条路宽敞漫长，通往村外遥远的看不见的地方。他眯起眼努力往前看，心想这路是要通向火车的，当然越远越好。他又听到自己重复了一遍刚才的话：“坐坐，我就坐坐。”

近　乡

无法返回的生活

晚上七点钟村庄就已进入了深夜，四下里漆黑一片。天有点暗，遥远处的星星闪耀清光，稀少而清醒。没有人声，房门和紧闭的窗户遮住了邻居们的生活，偶尔一块方形的灯光从窗玻璃中映出，更显出夜的黑。只有散落在各个角落的狗咬还张狂和充满热情，不懈地从大地上与黑夜一同升起。

曾听人说过，乡村里的阴气太重，原因是辽阔而潮湿，人烟稀少。也许是吧，白天冷白的村庄到了夜

無法返回的生活

间一派让人忧伤的滞重，人气不旺或者地气应是太盛吧，寒冷从人和动物足迹陈旧的大地上沉沉升起，变成了与史前无异的寒夜。伸手不见五指的黑和冷。我提着电瓶灯从房前经过，灯光像明亮的喇叭果断地切入黑暗，我听到了自己的脚步声，突然害怕了，担心看不见的地方里有被灯光惊醒的东西一起向我扑过来。光从我手中发出，摇摇摆摆，我成了黑暗的大地上唯一的目标。有那么一瞬间我想，如果它们冲上来，我就完了。它们是什么我不知道。然后听见风经过枯树枝，发出旗帜抖动的猎猎之声。乡村的上空活了起来，单调的嘈杂，风不是排山倒海地来，而是东拉西扯地去，把混沌的夜豁开了一个个冰冷巨大的黑口子。

在这夜里一切都是孤单的。我提着灯走在隔一条巷子的老二嫂家门口，门敞开着，含混的灯光像个醉鬼直直地摔倒在门前。豆腐房里蒸汽蒙蒙，二嫂在蒸汽里挽起了袖子，面前是一口大缸，她指点着十八岁的女儿张开纱布，热热闹闹的鲜豆腐就要上筐了。提前做好了，明天一早担着在街巷里叫卖。

日记写着就成了一篇小文章，可以断章添题独立成文了。

乡村的凄清和寒冷的确是年甚一年了。为什么我说不清。我知道灯光之下和黑暗之中的他们的生活也会理所当然地十二分热闹，但不能改变我的感受。他们都学会了躲在家里，各自的生活秘不示人。他们留下的巨大的寂静的空间里只有我，一个从乡村走出去的人，走得太快太远时间太长，当我回来的时候，已经成了一个外乡人。我怀念童年时光中邻里无间的往来，煤油灯无法照彻的夜里交融一起的欢乐。我怀念那时的黑暗。我关上灯回到了黑暗，可是，我能回到那些无间的欢乐里吗？

半个月亮爬上来

狗又叫了起来，无数的狗，零散地从大平原上发出声音，不是遍地是贼的狂咬，而是缓慢的、梦幻般的遥远的吠叫，更像是叫声的影子。这是我在夜晚听见最多的声音，也几乎是唯一的声音。夜幕垂帘，好像黑暗把村庄从大地上一把抹掉，只剩下这些孤零零的狗咬，和清白的台灯下半个明亮的我的房间，一张书桌，一沓纸，一支握在手里的笔。

白天有那么一会儿，我的情绪是明快的。太阳很温暖，漫无边际地把金黄色的光洒遍村庄。光线清澈，把我的房屋顶上的天空抬得很高。一片明净，白杨树光秃高拔的树梢伸向蓝天。漆黑的夜和沉沉的睡梦终于过去了，我一觉醒来已是上午九点，头一歪看见金色的窗户。母亲在院子里说，快起来，多好的天，冬天里的大太阳。

难得的好天气。我出了门就看到高远的青天，兔子在院子里追逐跳跃，我得把棉袄的另一个袖子穿上。草草地洗漱，吃了点早饭，我没有按照原定的想法去读书写作，而是决定好好地在阳光里走一走看一看。昨天晚上村庄给我的是一个冷清的黑脸，沉寂的冬夜让我难过。现在好了，把那些黑的、冷的东西翻出来，就像晒被子一样拿到太阳下照一照。

我只在房前屋后走了走，没有越过岸边堆满了枯枝败叶的后河。后河水将要干涸，亮出了泛白的河底，河对岸是田野和庄稼地，铺展着平坦的麦苗，麦苗之上挺立着瘦硬的枯树。好多年了，我只在寒暑假时节匆匆地在家小住，用母亲的说法，屁股还没把板凳焐热就走了。短短的时间里，我很少走过颓废的后河桥去到对岸，再向北走就是我家的菜园子。我也很少去，尤其在冬天。我知道这时候的菜园子形同虚设，一畦畦田垄了无生气，只有几株瘦小的菠菜和蒜苗，因为寒冷而抱紧了大地。无数年来菜园子们都是这么度过它们的冬天，可是此刻，我总是能发现它们的陌生。而阳光是多么的好。

祖母坐在院子中的藤椅里，半眯着眼，阳光落满一身。多好的天，祖母说，照得人想睡觉。然后自顾说起话来。祖母也许知道我会坐下来认真听。我喜欢听她讲述那些陈年旧事，尤其从写小说之后，特别注意搜集那些遥远的故事。对我来说，祖母那一代人的时光已经十分陌生了，对于今天的世界，那是些失踪了的生活，如果祖母不在太阳下讲述出来，它们就永远不会回来了。祖母讲的多是这个村庄里多年前琐碎的恩怨情仇、奇闻怪事。每一位祖母都是讲故事的好手，这绝非作家们为了炫耀师承而矫情编造的谎话。祖母们从她们的时光深处走过来，口袋里的故事我们闻所未闻，更具魅力的是她们讲故事的方式，有一搭没一搭的，想到哪说到哪，自由散漫，间以咳嗽和吐痰的声音，不时拍打老棉袄上的阳光，然后就忘了刚刚讲到的是谁家的事，提醒也无济于事，她又开了另一家人的故事的头，从老人的死说起，从小孩的出生说起，或者从那一家迎亲时的牛车和一个大饼说起。那些已经有了霉味的故事被抖落在太阳底下，也像被子那样被重新晾晒。

祖母年迈之后，讲述往事成了她最为专注的一件事。听父亲说，祖母睡眠很少，夜里一觉醒来就要把祖父叫醒，向他不厌其烦地讲过去的事。那些事祖父要么经历过，要么已经听过无数次，反正他已是耳熟能详。但祖父还是不厌其烦地听，不时凭着自己的记忆认真地修正。他们在回首过去时得到了乐趣。人老了，就不再往前走了，而是往后退，蹒跚地走回年轻时代，想把那些值得一提的事、那些没来得及做和想的事情重新做一遍想一次。他们想看清楚这辈子如何走了这么远的路。祖母显然常常沉醉在过去的时光里，或者真是太阳很好让人想睡，她讲着讲着就闭上了眼，语速慢了下来，仿佛有着沉重的时光拖曳的艰难，讲述开始像梦呓一样飘飘忽忽。

午饭之后我又听了半个下午。三点钟的时候太阳依然很好，我也挺不住了，不得不回到房间把推迟的午觉捡起来。

一觉混沌。醒来时已经五点多，天色暗淡，夜晚迫在眉睫。阳光消失不见了，我大梦觉醒的不知今夕何夕的满足感陡然败落，心情也跟着坏了下来。真想闭上眼接着睡过去，以便在一片大好的阳光里重新醒来。但是此刻睡意全无，母亲正张罗着晚饭，让我起床，一会儿就该吃晚饭了。

看来夜晚无法避免。

祖母说

从十二岁时出门，读书，工作，再读书，一晃又是十二年。每年回家两次，名为归乡，实是小住，总是鬼撵着似的匆匆去来。回到家也难得外出，关在房里读写，偶尔出去也只是房前屋后遛上一圈，漂泊不得安宁的心态常让我感觉自己是故乡的局外人。除了周围的邻居，稍远一点的都在逐渐陌生，那些曾是我的同学和少时玩伴的年轻人，多半已经婚嫁生养了。生疏是免不了的，要命的是他们的孩子，完全是用异样的眼光看我，好像我与这个村庄无关。

尽管这样，我依然没能太深地发现村庄的变化，大约是这种变化正在缓慢进行，而我一年两次的还乡多少也对此有些了解，孩子们的成长与谁家的一座平房竖起来并不能让我惊奇。都是生活的常识了，有些东西的确在人的心里也展开了它们的规律，它们的生长节奏不会让我们意外，也就无法把它称作变化。我常以为我的村庄是不会变化的，年复一年日复一日地相同，院门向南开放，白杨和桑树还站在老地方，后河水的涨落也只是遵循着时令的安排。当我从村庄后面的那条土路走向家门时，沿途的景物让我失望地一成不变。我就想，还没变。外面的世界一天一个模样，故乡却像脱离了时光的轨道，固执地守在陈旧的记忆里，生活仿佛停滞不前，一年一年还是老面孔。

若是从生活质量论，现在的乡村绝不是一片乐土。小城市正跑步奔向小康，大都市早已在筹划小资和中产阶级的生活，而乡村，比如我的家乡，多年来依然没有多少起色。当看到他们为人民币深度焦虑，而将正值学龄的孩子从教室里强行拽出来的时候，我是多么希望她也能与时俱进、富足祥和啊。那些田园牧歌的美誉，那些关于大自然的最矫情的想象，加在乡村的枯脑袋上是多么的大而无当。生存依然是日常最重大的话题的村庄，要田园牧歌和大自然的想象干什么。看到他们和若干年前一样扛着茫然的铁锹走进田野，我常觉得自己在这片大地上想起诗歌是一种罪过。他们当然需要诗歌，但更需要舒服滋润的一日三餐，和不再为指缝里的几个硬币斤斤计较，需要所有人都和他们一样，把粮食高高举过头顶。

可是祖母说，村庄一直在变，一天和一天不同。她又向我历数我离家的这半年中村里死了多少人。祖母越来越执着地谈论死亡了。这几乎是年迈的一个标志，在乡村像老人斑一样不可避免。祖母八十了，有理由为众多的生命算一算账。祖母说，东庄的某某死了，才六十八岁；南头的某某得了癌症，没钱治，活活疼死掉了；路西的某某头天晚上还好好的，一早醒来身子就僵了，那可是个能干的女人，六十五岁了还挑着一担水一路小跑；后河边上的某某也死了，一个炸雷轰开了柴门，把他赤条条地劈死在床上，那声神出鬼没的雷怎么找到他的呢，不到六十，刚刚把白胡子蓄了两寸长；还有卖烧饼的媳妇，一口气生了三个丫头，刚得了个儿子没满三岁，莫名其妙地一头钻进烧饼炉里，拽出来人已经烧焦了。

祖母坐在藤椅里，在阳光下数着指头，讲述死亡时只看天。她说日子一天一个样了，他们那一代人差不多都没了，出门满眼都是不认识的人。他们都走了，少一个人村子里就空出一块地方，能感觉出来院子里的风都比过去大了，没人挡着，风想怎么吹就怎么吹，来来往往都不忌讳了。

这是祖母的变化。村庄越来越让她不认识了，世界因为死亡在一点点地残缺，她所熟悉的那个村庄在逐渐消失，属于他们的往事和回忆被死去的人分批带走了，剩下的最终是面目全非的不一样的生活。在祖母变化的生活里，不停地走进陌生的面孔，那些身强力富朝气蓬勃的年轻人，而这正是我所不解的，他们像血液一样奔突在村庄的肌体里，但是为什么多年来故乡依然故我，连同我们的土地都要为粮食焦虑？

一座桥

从落成到废弃，四十年间都没有一个正式的名字。我们随口叫它“后河桥”。因为河在村后，桥在河上。当初落成时是个什么模样，我不知道，那时我还没有出生。即使参与建造的匠人也记不起来了，双手扶起的建筑和日子一样多，谁记得一座普普通通的河上桥呢？但我知道四十年后它的模样。已经没有人再从上面经过了。通往田地的道路几年前重新整修，渡河的责任落到邻近的另一座高大的水泥桥上。而它低矮，大青石上只能堆积厚厚的黄土。它破败不堪，桥断路也断。过了桥上岸是一片瓜地，偷瓜的小孩也只能一跳一跳地从后河桥上谨慎地通过，那一处一处坍塌的土石，置在河水的边缘，像年迈的老人坐在阳光里，守着过去繁华的记忆，等待有朝一日河水也远离了它，记忆也抛弃了它。

尽管低矮，桥还是有它热闹的过去的。

我的有关后河桥的记忆始于一场大水。在我们那里有如此大水实属罕见。说水大，也仅仅是那个夏季水漫过了桥，到达我幼小的膝盖的高度。水把泥土全卷了起来，一派混沌。我随姐姐去菜园里割韭菜，两人循着过去的感觉，试探着在看不见桥面的深水里拉着手向前走。桥上来来往往的都是喜气洋洋的人们，谁见过这样的大水？一个个都穿着小裤衩，拎着渔网，哈哈哈地从这头走到那头，盯着桥面和离桥更远的地方，希望有一条鱼能跳起来落进网里。我清楚地记得一条大鱼跃出了十几年前的后河水面，我看见了，是一条大青鱼。很多人都看见了，他们一起往鱼跃出的地方扑去，然后一块儿倒进鱼消失的地方的深水里。

后来水落下去了，辣辣的阳光把泥泞的桥面烘干了。我跟着姐姐去桥边的青石上洗衣服。应该是为了一条花手绢吧。母亲说，谁洗了就归谁。我很少用手绢，但是喜欢手绢上的图案。所以当姐姐从盆里拿出那条手绢准备洗时，我一把将它夺了过来。我来洗，我在对面的一块青石上说。姐姐不让，她早就梦想能够拥有一条属于自己的手绢。姐姐猛地伸手到对面去抓，我闪了她一下，姐姐就钻到水里去了。科学的说法是她控制不住自己的惯性了。我为此得意，但过了一会儿还不见姐姐露出水面，我急了，大声喊叫在桥那边捶衣服的人。一个本家的堂哥立即跳进水里，摸索了半天，才在桥洞里把姐姐给拉出来。救上来她好久没能说话，睁开眼后，突然放声大哭。堂哥说，让她哭吧，哭完了就不委屈，不害怕了。后来姐姐告诉我，她其实很想从水里出来的，可是水位太高，头触到桥面的石板也找不到空气，姐姐说她怕极了，因为到处都是晕晕乎乎的水。

再后来水就干了。村里决定把水抽干捞鱼。河底见淤泥的那天我也去了，实际上我每天都去，放了学背上书包就去。如果运气好可以捡到一条鱼，运气不好还可以看看抽水机怎样把水喝下去又吐出来，看看穿一身皮衣服的年轻人在及腰深的淤泥里跋涉，身子前倾，不像走倒像爬。

那天我见到了一条大鲇鱼，孤零零地躺在桥洞里的石板间。石板上长满了青苔，茸茸的凉湿滑腻。为了不让别人发现，我坐在一块大青石上，垂下的双腿恰好可以遮住那个藏鱼的洞。直到没有人注意这边时，我才跳下桥，伸手去抓那条鱼。可是鱼身上覆满黏液，根本抓不住。我急得能听见自己轰隆隆的心跳声。焦急和祈祷都帮不上忙。我被一个叫东方的小孩推到了一边，愣愣地看着他把手指抠进鱼鳃，稳稳地拎起它，跳上桥跑回家了。这是我整个童年第一次捉鱼，惊险而无所得。想起这事时常常都要笑，不就是将手指抠进鱼鳃里吗，可是我当时不懂这一点。

如今我也看了二十多年的后河桥，它老了，瘫痪了，破败了，几乎被人遗忘。后河的水变得浑浊肮脏，再没有人抱着木盆去桥边捶衣服了。通往田地的路也断了，再没有人想着要走过后河桥。后河桥在我家屋子后不远，连母亲也很少对我说，后河桥怎么样怎么样了。还能时时想起它的，大约也就是那些曾把童年遗落在桥边的人，如我者，还有现在正在成长，时时觊觎对岸的瓜地的一群偷瓜的小孩。

这个冬天我又来到后河桥上。到处是没落的遗迹，残缺不整。让我惊心的是两行车辙印，峻峭艰深，碾起的泥泞翻卷在两边，坚硬如铁。因为前面又坍塌了一处，这车辙只剩下了掐头去尾的一个片段。不知道是哪年的辙印，大约也没人能够记忆起来。它像这座苍老的后河桥的一个断章。哪一天连这辙印也被风雨销蚀了，后河桥也许就消亡了，不再是桥，只是一堆纠缠在一起的青石和泥土。

空心柳

我穿过田野到乌龙河边等车。道路从麦地中间切过，拐弯向右，再向左，直走就是。风大如海，太阳也冷，我裹紧帽子侧身低头疾走，右拐，前行，左拐，猛一抬头，看见了拐弯处桥边的空心柳。

一棵足以连抱的老柳树，身上长满炭一般黑的僵硬的鳞甲，粗壮的枝干扭曲着向上生长，在四米高的地方戛然而止，顶端被潦草地劈掉了，那把斧头大概来自多年前的一个响雷。断面以下是稀疏的枝条，早落光了叶子。这样的造型和生长状况不免古怪。最惊心的是柳树从根处向上开始空洞，高约一米，这一米的范围内，树干四周不时洞开，有着清晰的火烧痕迹。风从树洞经过，发出呜呜的轰鸣，像古战场上呜咽的号角。

我记起来了，小时候我曾在树洞里烤过红薯和土豆。从路边随便谁家的地里刨出一两个红薯或土豆，和几个邻家孩子捡来树枝柴禾吹火烤食。那时候从没想过那是偷，理所当然地认为要吃东西就得找。当时这棵柳树还年轻，一树葳蕤茂盛的枝叶。如果不是天生了这么个洞，就该是饥饿的老鼠半夜里一点点啃出来的，总之是已经有了一个不大的洞。我们在树洞里烤红薯和土豆纯粹是为了好玩。原来都是在桥洞里或者哪个避风的地方架起火堆，而且树洞太小，几乎施展不开。不过我们还是在里面点起了火，点了很多次火，烧熟了很多个红薯和土豆，还有玉米和鱼虾。没有听到柳树在火烧内心时焦灼的喊叫。

多少年过去了，一晃我都二十五了，不在田野里游荡也有十余年了，这柳树竟然还在，它在奔向自己的风烛残年的路上，身体里的空隙越拉越大。树干粗了，树洞大了，树皮薄了。我也说不清它在这里站了多久，一场场火烧毁了它的年轮。毫无疑问，自我之后，一茬茬的孩子在热衷野火的年龄里都在树洞里找到了乐趣。一茬茬的火烧起来又灭掉，一直到了现在。我眼前的空心柳的肚子里还存留着两块烧焦的石头和一堆灰烬，在它们被风吹尽之前，一定还会有几个拖着鼻涕的小孩及时地续上他们的那把火。他们已经不再局限于烤食，这样的冬天无物可食，他们生火也许只是为了烘一烘冰凉的手和冻得通红的鼻头，或者干脆是发一回狂，放把野火，只是想看一看一团火如何在一棵老柳树的身体里燃烧起来，想听听它是否能痛得喊出声来。

石头都烧焦了，树洞越来越大，树照样活着。如果它还活得清醒，是否还能记得那一堆堆火焰扬起的五谷杂粮的暖香。多少年了，我又忍不住想起“一晃”这么个词。什么时候开始把这个词挂在嘴边？记不得了，但是现在我习惯对别人和自己说，一晃就二十五了。就是那么一晃，摇摇摆摆就长到了现在。多少个晃晃悠悠的日子，哪一天都没落下过，可又记住了哪一天？就像一场迷迷糊糊的漫长的浅眠，晃了一下肩膀睁开眼，就不一样了。仿佛整个世界都在背着我暗暗生长。

按理说我没资格感叹时光的流逝，我还是你所说的刚开始生长的轻狂的年纪，别人过的桥比我走的路都多，那些逝者如斯的手势放在我的指头上显得大而无当，滑稽可笑。可是我的确看到了岁月的遗迹，它们均匀地撒遍大地，就像这棵老朽的空心柳树，站在拐弯的路口等你，只要你不经意地一抬头，就把过去明明白白地亮给你看，躲都躲不掉。

我果真看到了过去？我只看到了一棵还很年轻的柳树，一个小得多的树洞，一群小孩尖着脑袋聚在散发出土豆香味的火焰前，其中一个是我。可是现在，它老了，几乎负载不了内心里的一个巨大的空洞。这么多年它是如何一寸一寸空下来的，我没看到，那个漫长的过程就像眼前的田野一样让我茫然。野地无人，长千里宽万里的大风像水一样卷过漫过，道路修长泛白，是谁家的一条炊烟从村庄飘摇而出。路两边是麦地，矮小的麦苗伏在地上不敢稍动声色，为了躲过这场几乎无始无终的浩大的西北风。冻僵的土块裸露在风里，把积攒一年的水碱献出表面。

如同一幅静止无边的褪了色的水粉画，年复一年的时光停在大地上。它用另一种方式告诉我，这停滞背后突然“一晃”的结果，就是这棵空心柳，经久不息的大风穿过树洞。相同的一场风，它在树洞里徘徊的叫声是多年前的两倍还要大。

开往黑夜的火车

车过济南，透过窗帘的浅浅的灯光就把我惊醒了。也不算惊醒，一直是浅眠，耳朵里的车轮声半个晚上都清晰地响着。我撩开窗帘，凌晨两点的济南站冷冷清清，没有见到下铺预言的那种拥挤，他说济南是个大站，上车的人常常要把车门给挤破。我看到几个乘客拎着包袱，摇摇摆摆地向车门走，瞌睡和等待把他们折磨坏了。火车安静地停在昏黄的灯光底下，像一个不喘气的动物，同样无精打采。车厢里也很安静，其他人都睡着了，对面的上铺在打呼噜，有那么一会儿我觉得是在家里。风卷起纸片和塑料袋在站台

開往黑夜的火車

上飘，然后火车叹了一口气，动了。灯光向后走，黑夜又来了。窗外是缓慢移动的墨块，树也像山，远远近近，重重叠叠。我放下窗帘，躺下来，感觉重新漂在了夜里，像一片树叶漂在水上。

接下来连浅眠也没有了，我精神很好，像是在黑夜里突然睁开了眼。坐夜车我很少能正儿八经地睡点觉，要么趴在床上看窗外，要么躺在床上胡思乱想，至多是浅眠，好像是睡了，又好像没睡，翻一下身心里都明明白白。车轮耸动就在身底下，头脑里没来由地替它一尺一尺地向前丈量。在夜车上我心里很平静，可以说是平和，对失眠毫无恐惧，有种心安理得的家的感觉，安详地飘动的感觉。我常常觉得只有在夜车上，而且是躺着，才能真正感受到黑夜。

四肢伸展。大地也如此，火车在上面奔跑，听不见声音。黑夜此刻开始开放，像一块永远也铺展不到尽头的布匹，在火车前头远远地招引着，如同波浪被逐渐熨得平整。黑暗再次从大地上升起来，清爽地包容了一辆寂静穿行的火车。我躺在其中的一个角落里，平稳地浮起来。黑夜里的火车我只能想见它的头和一部分身子，没有尾巴，我看不见的后半个身子只是隐没在黑暗里，而不是断绝，它是不可断绝的。甚至我也想不到还有铁轨的存在，因为它像两条明亮的线，与黑夜和沉静的大地格格不入。那些阴影似的群山远远地避开。如果夜色不是浓黑，就让十几户矮小的房屋和院落来到路边，我能看见窗户里一点让人身子发暖的灯光，看不见人，或者只有人影在窗户纸上半梦半醒地晃动。我想象出了没来得及收拾的饭桌，他们轻微而又散漫的脚步声，一条窝在筐子里无所事事的狗，还有他们平凡狭隘的生活。

这些安宁的感受和想象是在白天里无法得到的。我总觉得阳光底下的世界繁乱不堪，所有的东西都拥挤到你面前，把大地瓜分得七零八落，找不到一块可以安全坐的地方。他们为什么都那么忙呢？他们就不能安静一下，让世界大起来？他们停不下来，一个比一个跑得快。

而在他们顾不上的地方，一辆火车整装待发，只等阳光和尘土落下去，在看不见的时间里。它从城市的边缘启动，一路都在扔掉那些忙来忙去的累赘，见到第一片野地时，夜晚开始降临，火车一头扎进去。耳朵突然安宁，世界大起来。

我就在这一辆辆傍晚开出的火车里，因为我不喜欢在白天坐车。它们从傍晚出发，开往黑夜。俄罗斯作家维·佩列文有部名叫《黄色箭头》的中篇小说，讲的是一辆名叫“黄色箭头”的火车再也停不下来，带着一火车的人永远奔跑下去，失去了终点。想逃离的人要么被扔出窗外，要么跳车摔死。当然这只是一个有关人类的寓言，作家要知道的是，世界有一天真的疯了我们该怎么办。我不知道人类该怎么办。我只是想，如果我就在这辆名叫“黄色箭头”的火车里，只要它永远行驶在夜里，我一定会是那个甘愿留在其中的人，因为对我来说，“黄色箭头”并没有把世界变小，恰恰相反，它让世界变得更大了。

2003 年 8 月 26 日，北大万柳

暮色四合

我想，我骨子里头是悲观的，这影响到我对词汇的感受和选择。比如现在，我从燕园回万柳，到人大西门时，陡然觉得心沉下来，沉得不堪重负，似乎感到整个人置放在自行车上的重量。我一下子想到一个词：暮色四合。

就是这个词，接着我看到了它。天色将晚，这是四月初北京的黄昏，天灰灰的，风也是灰的，暮色从四面升起来。四合。暮色如浪，卷起来，像饺皮开始兜住馅，把世界包起来。车在走，人也在走，我却觉得周围静下来，只有黄昏声音，暮色四合的声音，精致琐细地响起来，声音是沙哑的。这让我莫名地难过。我总是这样，在黄昏时，太阳落尽的时候会难过，像丢了东西，心里空荡荡的。好像有所希望，有所留恋，也有所茫然和恐惧。

多少年了，我在黄昏时分离开一个地方，或者是到达一个地方，总高兴不起来，只是忧伤，莫名其妙地忧伤，常常会生出想回家的念头。我从一个城市到另一个城市，从城市到家，每一个假期开始的黄昏，和每一个离家的黄昏，我都看到了暮色四合。整个人沉重地静下来，仿佛看不到路，没地方可去；仿佛身边的人都走光了，只剩下了我一个。这种时候我就会想起野地，看不到人影听不到狗咬的一大片土，上面有草，有庄稼，有芦苇和河流，还有孤零零的我一个人。

少年的时候我在乡村，黄昏时多半还在野地里。摸鱼、偷瓜、割草、放牛、收庄稼，到田里找正在插秧的母亲，为躲避父亲的巴掌而逃窜，或者是没来由地游荡，就在野地里遇到了黄昏。暮色从喧嚣的芦苇荡里浮上来，雾一样，后来知道掺了水的墨在宣纸上洇开来就是那样。风拉弯所有芦苇的腰，庄稼和大地也在风里起伏，越来越暗，越来越黑，野地里动荡起来。不知怎么的，所有人都被灰暗的风吹跑了，就剩下了我。我开始害怕，开始想哭，开始拎着篮子赤脚追前面看不见的人，开始往母亲干活的田头跑，开始抽着牛背往家跑。不知是怕把家丢了，还是怕把自己丢了。就觉得身体敞开了，风吹进来，沙哑地响，有点安详，也有点凉。

暮色，四合，迟早是要把一个人包起来，包住后保藏起来，或者包扎好扔掉。一天将尽，都将逝去和失去，好的光景，坏的光景，喜的忧的，哭的笑的，都没有了。留下来的只是一个越来越小越低的天，心可能会宽敞，也会悲凉地沉下去，可你不能看得远，也不能听得清，那些花花绿绿的灯光和你没关系，你就是一个人，站在哪里就在哪里，一下子从地球上突出出来，孤立出来，像一根草，瘦瘦的，站着。当年沈从文大约就是这样站着，在北京的那些暮色四合的黄昏里，他从故宫博物院出来，一个人站在午门的城楼上。他看到了暮色四合，夜晚来到了北京城。然后他开始往家走。不知道他跑没跑过。

我跑，我不喜欢站着不动。就像现在，我骑着自行车拼命跑，朝万柳跑。感觉怪怪的，暮色四合，要么想家，要么无家可归。

2004 年 4 月 5 日，北大万柳

那些路

火车开过去，十万条道路从大地上浮起来。从北京到东海，几千里远，城市、村庄、树木和行人，然后是光秃秃的冬天。北国的野地里什么都藏不下，那些道路一条条浮出大地。我从小迷恋火车，喜欢简陋苍茫的小车站，开始坐上火车之后，又迷恋火车经过野地的时分。很多年了，说不清楚为什么独独喜欢窗外一路荒凉的景色。车穿过城市，我有离愁；经过村镇，我心生温暖；唯有驶入野地，我才充实、喜悦，莫名的悲壮一般的兴奋。

夜火车也好，白昼的旅行也好，我总要把持住窗口的位子，一直歪着头看窗外。窗外有好景致吗？我就是喜欢看。那些一掠而过的草木和房屋，那些向后倒退的三两个行人，移动不了，再快也跑不过去的是一片大野地。我说过，只是在火车上我才真正看见了大地，大地之大，大的地。所有的叶子都黄了，慌了，落了，几棵柳树繁茂的细枝条丛丛簇簇，竟然是泛着红色。沿途多处的芦苇荒在干涸的河道里，没有人收割。还蓄着去年河水的水渠和河流，满满当当地结了冰，远远看去我以为是一条明亮的路。光滑，惨白，是这个冬天的镜子。

看，我说到了路，终于找到了。我一直在窗外的野地里寻找的，大约就是这个“路”。这些年里坚定地不把目光从火车外的野地里移开，应该就是因为这些路。现在，它们终于浮到我的眼前。在此之前，它们已经浮出了大地之上，只是我没有看见。现在看见了，那么多。像从座下的铁轨处开始生长，曲折蛇行，盘旋着一块野地。也有直走的，跟风的路向相同，直来直去。几乎所有的路都高出地面，这是我在火车上发现的。

冬天里，它们结实，明亮，如同一条条带子和河流，它们把大地聚集在了一起。人家说，路是脚踩出来的。其实不如说，路是脚印堆积而成的。所有的脚印都是透明的，无数的人把他们的脚印叠放在一条带状的土地上，就成了明亮的路，就有了厚度，它们不得不高出地面。你第一次看到它们，才会发现，它们像突然之间从大地上浮起来。一茬茬人死去，脚印留下来，变成路，交错，纠结。不知道他们从哪里开始落下第一个脚印，也不知道这一条条的路最终通向哪里。

我对每一条路都充满兴趣，它们在我视野尽头隐入大地深处，它们会在哪个地方结束，又会从哪个地方重新开始。我盯着一条路，看它被两行树和一片荒草淹没。看不见，它也在，那么多的脚印必要有个好的去处。我想象它如一条水蜿蜒前行，奔向一间屋子，一个人，那个人站在门前，举起清白的手，她望去路如看来生，她如送如迎对远道而来的人微笑，在风里她有鲜活温润的身体。那条路在她脚边停下，然后重新开始，从此布满大地。

2005 年 2 月 6 日，东海

去额尔古纳的几种方式

从呼伦贝尔一路往东北走，出了城区，同行的人就陆续睡着了。我努力醒着，为的是跟包师傅说说话。初秋的午后太阳很好，酒足饭饱，困倦之意忍不住升腾上来，包师傅免不了偶尔也恍惚。开车时包师傅不太喜欢说话，但那个下午我们聊得很好。我们去额尔古纳。一辆越野，五个人。大概七年前，我好像去过额尔古纳，记不清了，呼伦贝尔太大，草原上、白桦林里处处是美景，我就分不清哪里好看、哪里更好看了。那一次我们一个团，二十多号人，一辆中巴，一路唱歌、讲笑话，路途的遥远和艰难完全不知道，怎么到的额尔古纳我也没有印象了。不过可以肯定的是，三五个人驾着一辆越野在草原上奔驰，应该是去额尔古纳的最佳方式。车足够宽敞，怎么歪着坐着躺着都可以，有美景可以随时下车，累了就停下来抽烟，碰巧赶上个驿站服务区，买两听罐装咖啡，喝过后就像游戏中满血复活的大力神。的确也是，见羊群我们停，遇马群我们停，有一群奶牛经过我们也端着相机照。还有神山和圣湖，一个都不能少。

但是包师傅说，去额尔古纳最美的方式是骑马。一匹好马，一天能跑四百里，这差不多是我们此行距离的一半。我想象我们几个人策马扬鞭飞奔在国道上。包师傅就笑了，骑马怎么会在国道上跑？当然要横穿草原，取最近最直的路。再坚硬的马蹄和马掌也受不了柏油路面，得在暄软蓬勃的草上跑。一个朋友迷迷糊糊插了一句：“包师傅曾是牧马人。”说完又睡过去了。我更来了精神，追着包师傅听当年的牧马生涯。

一晃四十年了，那时候包师傅二十出头，到陈巴尔虎左旗当知青。草原上知青最羡慕的工种就是放马，拉风，骑上去吆喝一声就下去几十里地。放羊的、种地的、养猪的下乡青年看着直流哈喇子。“姑娘们也喜欢。”包师傅嘿嘿一笑。他和另一个知青搭档，一千四百匹马，乌云一样在草原上涌动。“我们想去额尔古纳。”他和那个上海来的知青搭档。当然是骑马。坐火车很麻烦，得先到海拉尔，骑上一天的马，还不知道能否赶得上唯一的一班车，错过了就得在火车站待上一宿。上了车也不痛快，那火车慢，见站就停，“光吃光吃”，包师傅用的就是这个词，还得绕道，四百里地一天都未必跑得完。

“那会儿火车时速多少？”我问。

“谁知道。”

“你们没去？”

“没去。没去成。”

火车没去成，马也没去成。生产队不允许。赶不上探亲假，马得天天放。去额尔古纳来回得三四天，到了你总得看看吧。每人一匹马这么跑下来，受不了，哪舍得让你喜欢的马一口气跑那么远？得有备用的。有一回差点成了。大冬天，一场雪刚化，生产队空出来个时间，两人在队长的默许下上路了。出发时天已经黑了，但月亮好，他们打算跑累了借个蒙古包睡一会儿，醒来继续走。

“那晚月亮真好，草原亮得像一片海子，”包师傅说，“你睡着没？我们看见狼了。”我一惊，清醒着呢。“狼呢？”我问。狼在野地里站着，看样子吃得不错，肚大腰圆，听见马蹄声就跑。包师傅和搭档打马就追。他们庆幸随身带着套马杆，防着这事儿呢。大白月亮下两匹马追一头狼，天高地迥，天清地泰，包师傅让我看着车外的草原想象那个壮观的夜晚。马跑得快，狼走得更疾，一路脚不点地。那狼肯定吃多了，身子越跑越沉，慢下来。套马杆都抓到手里了。那头狼奔到一处挤满碎石的高地上，一声长嗥，吐了。“这是它们惯用的伎俩，”包师傅解释，“轻装上阵速度又快了。”果然，肚子空了的狼重新提了速。

“结果呢？”

“结果我跑丢了。”

包师傅的马速度跟不上，被落下越来越远，只有上海搭档一直盯紧了跑。包师傅眼睁睁地看着同伴骑着他的大黑马和狼一起消失在夜半的地平线上。包师傅仰观天象，现在与额尔古纳南辕北辙，已经后半夜，人困马乏，可怜的枣红马鬃毛上的汗没滴下来就结成了冰。他决定找个地方歇一会儿，他记得这附近有个牧羊的蒙古包。找到后，倒头就睡。天快亮时，包师傅突然觉得被窝那头钻进来一个冰坨子，竟是上海知青。那家伙说，累死老子了。指了指蒙古包外，头一歪睡着了。

第二天一早，包师傅起身到了蒙古包外，赫然看见一张新鲜的狼皮挂在木栅栏上。上海的搭档昨夜终于套住了那头狼，拖得它断了气。他想把死狼捆到马鞍后面带着，大黑马不答应，它懂这东西。没办法，他只好在一处蒙古包的遗址上找到一个遗弃的酒瓶子，敲碎，拿一块玻璃碴当刀，顺手剥了狼皮。卷起来放到鞍后，这下大黑马没意见了。“狼皮一定要留，”包师傅说，“那会儿供销社收，好皮毛能卖到八块钱。大数呢。”等上海知青醒来，两人再合计，路越走越远，额尔古纳是去不成了。于是上马原路返回。

“想来真是遗憾，放了三年半马，竟然就那么一次机会。”

包师傅再也没能骑马去额尔古纳。然后知青返城了。额尔古纳有最好吃的面包和灌肠，作为牧马人的包师傅没有吃到。

故事讲完，额尔古纳到了。我们的确吃到了美味的面包和灌肠。其实额尔古纳的美味还有很多。不过我想说的是另一件事。晚上我们在马路上散步，遇到一个借火的老兄。

九月夜晚的额尔古纳已经开始清冷，街道上零星的行人和车。借火的老兄把摩托车停在路边，夹着根香烟等着对面有人来。我用打火机帮他点上，他用山东和东北混杂的口音谢我。一身摩托客装扮，头盔、防风服、登山鞋，武装到了牙齿，独独在半路上丢了火。他刚从根河骑过来，一定要在额尔古纳住宿。他喜欢这地方，每次骑行漫游到附近，只要车程不超过四小时，都要睡在额尔古纳。“听听，额尔古纳。不知啥意思你都会觉得这名字好听，是不？”他说。年轻时他在辽宁当了六年兵，就想着来额尔古纳玩。然后退伍了，然后在老家烟台工作了，然后退休了，终于可以来了。一个人骑上摩托车，满世界跑，额尔古纳却是每年都要来的。他拍拍胸脯，“咱这身板！”的确是条壮汉，说四十我也相信，就是风吹日晒脸膛黑了点。

“跟你说老弟，趁年轻要多跑，”他一副掏心窝子的眉眼，“摩托车是首选。肯定的。咱不看别人脸色，一切行动听自己。你是江苏人？好，啥时候还想来额尔古纳，给老哥言一声，咱哥俩一起来。一定要记下我的电话啊。”

我记下了。抽完两根烟，精神头足了，他附在我耳边说：“额尔古纳你一定要再来。我今晚要住宿的那家旅馆，老板娘人是真叫一个好。”然后戴上头盔，跨上车走了。

我们从马路这头走到那头，返回来时经过一家旅馆，烟台大哥的摩托车停在门口。

2015 年 10 月 4 日，东海

母亲的牙齿

小时候我总担心母亲丢了，或者被人冒名顶替。每次母亲出门前我都盯着她牙上的一个小黑点看，看仔细了，要是母亲走丢了，或者谁变了花样来冒充她，我就找这个小黑点，找到小黑点就找到了母亲，找不到它就不是我母亲。那小黑点是两颗牙齿之间极小的洞，笑的时候会露出来。我们生活在一个村庄里，念高中之前，除了偶尔走亲戚，我的活动范围只在方圆五公里以内。五公里处是镇上，我常跟爷爷去赶集。世界对我来说就这么大，所以世界外面的世界对我来说就很大，大到我不知道有多大，大到想起来我就两眼一抹黑心生恐惧，大到每次母亲出门我都担心她会在无穷大的世界里走丢了。

母亲每年要去一两次外婆家。外婆家离我家也就四五十公里，但因为跨了省，让我倍觉遥远；即使不跨省，四五十公里也不是个小数目，走丢个人不成问题。所以我担心。母亲出门前我就盯着她牙上的小黑点看，努力记忆到最完整全面，一旦该回来时母亲没回来，我就到世界上去找她；如果回来的是另外一个人，就算她长得和母亲像极了，我也要看她牙上的小黑点在不在。

过年前母亲也常出门，卖对联。很长时间里我家都不太宽裕，为补贴家用，爷爷每年秋后就开始写对联，积攒到春节前让母亲带到集市上去卖，换个年前年后的零花钱。我爷爷私塾出身，教过很多年书，写一手好字，长久不用也怕荒废，所以秋后闲下来，买红纸调焦墨，一门门对联开始写。十里八乡集市很多，年前的十来天里，每天母亲都得往外跑。年集总是非常拥挤，去晚了占不到好地势；天亮得又迟，早上母亲骑自行车出门时天都是黑的，冷飕飕的星星和月亮在头顶上。我不必起那么早，但如果我醒了，我都要在被窝里伸出脑袋看母亲的牙，那个小黑点。到晚上，天黑得也早，暮色一上来我就开始紧张，一遍遍朝巷口望。如果比正常回来时间迟，我和姐姐就一直往村西头的大路上走，母亲都是从那条路上回来。迎到了，即使在晚上我也看得清那是母亲，不过我还是要装作不经意，用手电筒照一下她的牙，我要确保那个小黑点在。

很多年后我常想起那个小黑点，我对它的信任竟如此确凿和莫名其妙。那时候我不会告诉任何人，担心说破了，小黑点也可以被伪造；我确信只有我一个人注意到它，它是证明一个人是母亲的最可靠、最隐秘的证据。我的确从来没有告诉过别人。

后来我年既长，事情完全调了个个儿，总在出门的是我，念书、工作、出差，到地球的另外一些地方去，而母亲却是常年待在了家里，小黑点陪着她也常年待在家里。她不必再卖对联，去外婆家可以搭车，去和回都可以遵循严格的时间表，不必再经受安全和未知的考验——我离我的村庄越来越远，进入世界越来越深。我明白一个人的消失和被篡改与替换，不会那么偶然与轻易，甚至持此念头都十分可笑。但是每次回家和出门，我依然都要盯着那个黑点看一看，然后头脑里闪过小时候的那个念头：这的确是母亲。成了习惯。

与此同时，母亲开始担心我在外面的安全和生活。我在哪里读书、工作和出差，她就开始关注哪里的天气和新闻，一有风吹草动就给我电话，最近如何如何，要当心。在国外也是。那些这辈子她都不会去的国家，那些此前半生她都没听说过的城市，母亲都尽力在电视上搜索它们的消息，只要见到一个和她儿子此行有关的信息，眼睛和耳朵就会立马警醒起来。过去，电视里所有絮絮叨叨的新闻节目她都要跳过去，现在养成了看新闻和天气预报的习惯；我在国内她就关注国内，我在国外她就关注国外。我现在美国中部的一个小城市待几天，她连白宫的新闻也顺带关心上了。我不知道她是否像我小时候那样，需要牙齿上的小黑点来确认一个人的身份，不过可以肯定的是，母亲总是比儿子担心母亲更担心儿子；我同样可以肯定，在母亲的后半生里，我和姐姐将会占满她几乎全部的思维。

我长大，那个小黑点也跟着长，我念大学时黑点已经蔓延了母亲的半颗牙齿，中间部分空了，成了龋齿。我不再需要通过一颗牙齿来确认自己的母亲，我只是总看到它，每次回家都发现它好像长大了一点儿。我跟母亲说，要不拔掉它换一颗。母亲不换，不耽误吃不耽误喝，换它干吗？乡村世界里的一切事情似乎都可以将就，母亲秉持这个通用的生活观；我似乎也是，至少回到乡村时，我觉得一切都可以不必太较真，过得去就行。于是每年看到黑点在长大，一年一年看到也就看到了，如此而已。

前两年某一天回家，突然发现母亲变了，我在母亲脸上看来看去：黑点不在了，换成一颗完好无损的牙齿。母亲说，那颗牙从黑洞处断掉，实在没法再用，找牙医拔了后补了新的。黑点不在，隐秘的证据就不在了，不过能换颗新的毕竟是好事。只是牙医技术欠佳，牙齿的大小和镶嵌的位置与其他牙齿不那么和谐，在众多牙齿里它比黑点还醒目。我说，找个好牙医换颗更好的吧。母亲还是那句话，这样挺好，不耽误吃不耽误喝，换它干吗？能将就的她依然要将就。别的可以凑合，但这颗牙齿我不打算让母亲凑合。它的确不合适。我在想，哪一次在家待的时间足够长，我带母亲去医院；既然黑点不在了，应该由一颗和黑点一样完美的牙齿来代替它。

2010 年 10 月 10 日，奥马哈

风吹一生 2018.

风吹一生

天真的冷了，连风也受不了了，半夜三更敲打我的窗户，它们想进来。这种节奏的敲打声我熟悉，这些风一定是从我家乡来的。所有的风都来自北方的野地和村庄，我家在城市的北面。我掀开窗帘，看到风在闪烁不定的霓虹灯里东躲西藏，它们对此十分陌生。风的认识里只有光秃秃的树，野火烧过的草，路边的草堆，孩子们头上的乱发和整个村庄老人的一生。风不认识城市的路，一定是谁告诉了它们我在这里，才会爬到五楼上来找我。

城市里没有风声，没有歪脖子树和草堆供它们存活下去。它们远道而来是为了唤一个人回去，是唤我吧，我已经很长时间没回家了。我从床上起来，打开北向的窗户，黑暗阔大的北风滚滚而来，像旗帜和黄沙一样悬在城市的半空，只等着我从钢筋水泥的一块堡垒里伸出头来，与我面对面，告诉我一些风中的人的消息。

我家乡的人生活在风里。离家的那天，一大早我就看见祖父坐在门口的小马扎上。天色灰沉清冷，秋天的早上永远是一副将要下雨的模样。风很大，地上的杨树叶子转着圈堆到祖父的鞋子上。我对祖父说，进屋吧，外面冷。祖父说没事，不冷，都在风里活了一辈子了。然后问我坐火车还是汽车。我说火车，这个问题他已经问了好几遍了。祖父自语地把火车重复了一遍，说他夜里也梦见我坐的火车了，跑得太快，怎么叫都停不下来，他就是过来看看，我是不是已经被火车带走了。我让祖父进屋吃早饭，他也不肯，只想坐坐，守在门口的风里。那个早上我离开了家，到了一个远离家乡的城市。祖父拎着小马扎跟在我后面穿过巷子，风卷起的尘土擦着裤脚。我说巷子里风大，回去吧，祖父说你走你的，他想在巷子头坐坐。然后就放下小马扎坐在了路边上。村庄坐落在野地里，村前村后都是麦地，麦地上的风毫无阻碍地从村南刮到村北，沿村庄中心宽阔的土路，一次次宽阔地刮过。我走了很远回过头，还看见祖父坐在风里，面对着我的背影，被风刮得有点抖。

祖父老了。风吹进了他的身体。当风吹进了一个人的身体里时，他就老了。二十多年来，我目睹了来来去去的风如何改变了一个人。我记事时起，祖父一直骑着自行车带我去镇上赶集，五天一次，先在集市边上的小吃摊坐下，吃逐渐涨价的油煎包子，然后到菜市旁边的空地上看小画书，风送过来青菜和肉的味道。那时候祖父骑车很稳健，再大的风也吹不倒。有风的时候我躲在祖父身后，贴着他的脊背，只能感到风像一场大水流过我抓着祖父衣服的手。长大了，自己也能骑车了，少年心性，车子骑得飞快，在去姑妈家的路上远远地甩下了祖父。我停在桥头上，看见祖父顶着风吃力地蹬车。祖父骑车的速度从此慢了下去。有一天祖父从外面回来，向我们抱怨村边的路太差，除了石子就是车辙和牛蹄印，祖父说，风怎么突然就大了呢，车头都抓不稳了。但是谁都没有在意。

从菜地回家的路上，我遇到祖父从镇上回来，第一次看见祖父骑着车子在风里摇摇晃晃。祖父不经意间被风吹歪了。其实野地上的所有东西都被风吹歪过。有的会歪上一辈子，像房后的那棵桑树，一场风之后再也没能直起腰来。有的歪过一段时间慢慢又把自己扶直了。只有人是被风渐渐吹歪的，人歪了以后就会一直歪下去，别指望能重新站直。风只会在人无法再站直的时候把你吹歪。祖父不再骑自行车了，我们担心他出事，不让他骑。他被风彻底地从车上吹了下来。不能骑车之后，祖父走到哪儿都拎着一个小马扎，他终于意识到自己很难再在风中站直了，风也不会让他长久地站在一个地方。风强迫他坐上了马扎。

一个人就这样被风吹老了。风逐渐穿过人的身体，吹走了黑发留下白头，吹干了皮肤留下皱纹，最后吹松了血肉，留下一把老骨头。这时候风又为人指明了另一个去处。

我相信最终是风把人给打发掉的。多少年来，我的村庄一直有个奇怪的现象，老人们去世总是一批一批走，很少有哪个人是独自上路的。在第一个人离开的时候，村里人就知道又一场死亡之风降临了，从年老体弱的开始盘算，每个人对村庄都有一笔小账。果然是一个接着一个，三五个老人相互陪伴着上路。一段时间内，村庄里哭声不绝，锣鼓声悲，野地里飘满了纸钱。他们出生在同一场风里，活在同一场风里，又被同一场风刮到了另一个世界。

我说过，城市里没有风，所有的风都来自野地和村庄。因为没有谁像野地里的孩子那样依赖风才能生长，尽管，也许同样是几十年前的那场风又回过头，把他送到了另外一个地方。风是我们见过最多的东西。我一直跟着一阵风向前走，走着走着就长大了。那阵风始于十几年前，我一个人从家里出来，很小，走远了就找不到回来的路。我追过无数个旋风，那些旋风像底朝下的斗笠那样大，像陀螺一样不停地往前跑。太阳落到了村庄西面的白杨树后头，我出了门就遇上了它。旋风不紧不慢地穿过巷子，然后左拐上了中心路，一路上旋起了泥土、稻草叶子和干松的牛粪渣子。这是我见过的最为优雅的旋风，不张扬也不会让你忽略。我一直跟在它后面，我想看看它到底有多大的耐心。很多旋风都是走了几步就找不到了。它沿着中心路一直向南。我很奇怪一路上竟没遇上一个人，甚至连狗叫和小孩的哭声都没听到。我们经过了药房、供销社大商店和南湖桥边的两棵老柳树。刚上了南湖桥，旋风突然不见了，我以为桥面上布满石子，它过不去了，没想到几秒钟之后它出现在桥的南边，已经过了桥。过了桥是南湖的麦地。天色暗淡，我要费力才能盯紧它。我们在镶嵌干枯坚硬的车辙的田间路上继续向前。我记不得走了多长时间，它突然拐进了一块麦地不见了，没有任何先兆。我想它会出来的，就站在路边等，但是眼前只是一片绿得发黑的麦苗。

夜晚的另一场风来了，因为冷我才发现自己站在田野里。周围一个人都没有，连条狗都没有。我觉得像在做梦，记不起是如何一步一步走到这里来的。恐惧和黑暗一起围在我身边，我哭了，找不到回家的路了。现在当我一点一点地接近十几年前，我逐渐看清了一个站在麦地边上哭泣的男孩，他的身边是巨大的黑暗和风声。然后看到供销社大商店的售货员，后来我一直叫他“消炎丁”的邻村人锁上了大门，骑一辆老式永久牌自行车上了南湖桥。是“消炎丁”把我送回了家。我被旋风带上的那条路是他回家的必经之路。

回家以后母亲告诉我，每一个旋风都是一个死去的人的灵魂，它们常常来到村里拐带不听话的小孩。

以后要听话，不能踩它们，也不能跟着它们到处乱跑。我不是很相信，因为没有一个旋风曾经把我拐跑过。我常常会想起那些大大小小的追旋风的经历，尤其忘不了那一次。此后的日子里我知道了，一个人走路时要用心，记住回家的路，到了黑暗的旷野中不要站在原地，更不应该哭泣。读书之后我就不再追旋风了，但隐隐觉得其实还是在跟着一场更持久的旋风向前走，从村庄走到了城市。这场旋风的形态我难以描述，也不清楚它是否已经拐到了另一个地方。我只知道，我在城市看不到风。城市里填满了高楼大厦和霓虹灯，缺少空旷的土地供它们生息。孩子们不需要旋风，有仿真的电动玩具引领他们成长，长大之后坐在了空调房间，没有风也能活下去。至于老人，使他们衰老的，是岁月和他们自己。

冬至如年

人老了对生命和死亡的看法会变。七十岁后，祖母突然热衷于谈论死亡。之前有二十年她对此毫不关心，每过一天都当成是赚来的，一年到头活得兴兴冲冲，里里外外地忙，不愿意闲下来。这二十年的旷达源于一场差点送命的病患。五十岁时，医生在我祖母肺部发现了可疑的阴影，反复查验，尽管好几家医院都说不清楚这阴影究竟是个什么东西，但结论惊人地相似。当时正值寒冬，马上到春节，医生们说：回家准备后事吧，过不了这个年。那时候中国还处在暗哑灰暗的 20 世纪 70 年代，医生的话跟老人家的语录一样权威。一家人抱头痛哭之后，把家里所有的钱都拿出来，又借上一部分，决定再跑一家医院。去的是大城市里的一家军队医院，在遥远的海边上。其实也不远，一百里路，但对一个一辈子生活在方圆五公里内的乡村女人来说，那基本上等于天尽头。我祖母有生以来第一次看见了大城市，有楼有车，马路上的人都有黑色的牛皮鞋穿，她觉得来到了天堂里，死也值了。她做好了准备。可是医生在经过繁复的检查之后，告诉我们家人：尽管没查出明确的毛病，但应该也不至于死，回家好好活，活到哪算哪。

等于从鬼门关前走一遭又回来，祖母满心再生的放松和欣喜，决定遵照最后一个医生的嘱咐：活到哪算哪。就活到了七十岁。七十岁的时候身体依然很好，好得仿佛死亡的威胁从没降临过。这个时候，祖母突然开始谈论死亡。那时候我念中学和大学，每年只在节假日才回家，一回来祖母就跟我说，在我不在家的这些天，谁谁谁死了，谁谁谁又死了。白纸黑字，好像她心里有本录鬼簿。祖母不识字，也不会抽象和逻辑地谈论死亡，她只说一些神神道道的感觉。有阵风过去，她就说，有人死了。一块黑云挡住太阳，她就说，谁要生病了。满天的星星里有一颗突然划过夜空，她就说，某某得准备后事了。有一年暑假我在家，祖母坐在藤椅上觉得浑身发冷，她跟我说，这一回得多走几个人了。

的确，年纪大一点的老人经常会约好了一起死，七十五岁的这个刚埋下地，七十四岁的那个就跟上去了。一死就一串子。过去我不曾在意过。到祖母七十多岁开始不厌其烦地谈论死亡时，我才发现，在乡村，死亡真的像一场瘟疫，开了一个头，总会一个接上一个。所以祖母说，你看巷子里的风都大了。她的意思是，人少了，没个挡头，风就可以越来越肆无忌惮地满村乱跑了。在七十多岁的某一年，祖母开始抽烟、喝酒。过去活得劲头十足，每天都像过年，现在要把每天都当一年来过。七十多岁了，祖母还是很忙，但动作和节奏明显慢下来，从堂屋到厨房都要比过去多走好几步，往藤椅上一坐，经常一时半会儿起不来。她肯定很清楚那把老藤椅对于她的意义，所以经常擦拭和修补；她坐在藤椅里慢悠悠地抽烟，目光悠远地对我讲村里已经发生的、正在发生的和将要发生的死亡。

现在想起祖母，头一个出现在我头脑里的形象就是祖母坐在藤椅里抽烟。祖母瘦小，老了以后又瘦回成了个孩子，藤椅对她已经显得相当空旷了。她把一只胳膊搭在椅子上，一只手夹着烟，如果假牙从嘴里拿出来，吸烟时整个脸都缩在了皱纹里。除了冬天，另外三个季节藤椅上都会挂着一把苍蝇拍，抽两口烟她就挥一下苍蝇拍。有时候能打死很多苍蝇和蚊子，有时候什么都打不到。这个造型又保持了二十年，也就是说，从祖母热衷于谈论死亡开始，时光飞逝中无数人死掉了，祖母在连绵的死亡叙述中又活了二十年。

临近九十岁的这几年，祖母每天都会有一阵子犯糊涂。除了我，所有半个月内没见的人她都可能认不出来。即使是我，她最疼爱的唯一的孙子，有一次在电话里也没能辨出我的声音。我在北京，隔着千山万水跟她说了很多嘘寒问暖的话。然后她放下电话，跟我姑妈说，刚才有个男的打来电话，让我多喝水，多吃点东西，谁啊？

还有一个重大变化，祖母不再谈论死亡。烟还继续抽，酒也照样喝，一天里有越来越多的时间坐在藤椅里，偶尔挥动苍蝇拍，话也越来越少。死亡重新变成一件无足轻重的事。

因为间歇性的糊涂，我们经常把她的沉默也当成病症之一，看她安详地坐在藤椅里，不忍去打扰。只有等祖母想要说话了，我们才陪她聊一聊。祖母开始谈论各种节日和节气，往欢欣鼓舞上谈。这个我能跟她老人家谈得来。土节、洋节，各种稀奇古怪的节日，我基本上都知道一点，传统的二十四节气也能扯上几句。我还不识字的时候，二十四节气歌和一些农谚就会背了，这大概是大多数乡村知识分子家庭里的孩子都要经历的最早的知识启蒙。不过启蒙完了也就完了，跟土地渐行渐远，与乡村为数不多的联系之一，也仅是靠着那点童子功，能把二十四节气有口无心地顺溜地背下来了。祖母在谈论这些节气时像回到了二十年前，而一旦回忆起在这些节气中的个人史，祖母思路之清晰，简直就是回到了四十年前。某年某节，某件事发生了。某年某节，某个人如何了。她用她为数不多的清醒时光回忆了九十年里的各种节日和节气。

“那个时候，”祖母说，“我就想活到过年。”

我明白。医生当时断言，她过不了年。“都过去的事了，奶奶。”

“现在不想了。过了年也就那样。”

祖母的口气里有一个胜利者在。但她对春节还是相当看重。实际上是最看重，在她的数点里，一生中最大的事情不少都发生在这个天寒地冻的日子里。因为过年的时候一家人总要团聚在一起，一夜连双岁，是终点也是起点。

但祖母去世是在冬至的那一天：她完全是掐着点儿要在那天离开人世。这当然是我们事后的推断和发现。

是我们迷信吗？祖母能决定自己的死亡？我们一直在怀疑，但不得不承认，从祖母决定不再进食开始，她的确就一直在掰着指头数。冬至前的半个月，祖母从藤椅上下来，经过走廊前的台阶时摔倒了，摔裂了右脚踝骨。就算对一位九十岁的老人来说，这也不算多大的伤。对祖母来说更算不了什么。在之前的五年里，因为股骨头坏死，祖母相继动过两场大手术，第一次植入了人造的左股骨，第二次植入了人造的右股骨。换了两根骨头，祖母依然能够拄着拐杖到处走。

踝骨骨裂无须大惊小怪。不过伤筋动骨一百天，需要耐心。照理治疗，上药、石膏、夹板，休养。祖母枯瘦，医生建议打点滴给祖母消炎和补充能量，以利于恢复。这个建议很好，祖母在医院里静脉注射了几天药水，出院后回到家，某个早上突然决定不再进食。祖母自己的决定。祖母多年来一直是过于有主张的人，说一不二。开始还愿意喝点粥，两天后，一个米粒都不进，只喝稀汤，然后稀汤和牛奶也不喝，只喝白开水，很快连白开水也不愿大口喝，只能过一会儿喂一汤匙，润润喉舌。十二月天已经很冷，祖母躺在床上，你把她两只胳膊放进被子里，她就拿出来，两手交叉，闭着眼，缓慢地掰动手指头。不说话，只是一遍遍数手指头。给她挂水打点滴更不答应，连着针头一起拔了扔掉。不吃，不治，闭着眼数手指头，数得越来越慢。直到某一天，手指头不再数了，很长时间才能艰难地睁一次眼。祖母不再说话，除了嗓子里偶尔经过的痰音，再也没有说过一句话。

一大早我还躺在北京的床上，母亲打来电话，说祖母可能要不行了，抬头纹都放平了。乡村里的死亡有一套自己的伦理和秩序，抬头纹摊平了意味着是眼瞅着的事。我赶紧往机场跑，回到家，祖母躺在床上，睁了半只眼看了看我，接着又把眼睛闭上。我不知道这一次她老人家是否认出她的孙子来。祖母没吭声，再也没吭过一声。

接下来是残忍却无可奈何的漫长的守候过程。漫长是指那个煎熬的过程，残忍也指的是那个煎熬的过程，你知道她在奔赴死亡，你知道无法救助，你还得眼睁睁地看着她的生命一寸寸地从她的身体上消失。这种守候完全是一种谋杀。一天过去，一夜过去；又一天过去，到晚上，祖母早已经神志不清，你知道缓慢的死亡对她也是煎熬，但你也得顺其自然。先是胳膊不再动，然后是腿不再动。祖母偶尔转动一下脖子的时候，九十三岁的祖父经过祖母身边（这也是在他们共同的生活中，他最后一次经过祖母身边，其余时间祖父把自己关在房间，一个人悲伤和回忆），祖父说：

“她要等到十二点。”

十二点就是半夜，零点，是新一天的开始。被祖父说中了，十二点附近，祖母突然挺了一下身体，不动了。再没有比那夜更漫长的夜晚。

的确没有比那夜更长的夜晚。那天是冬至。那一天太阳光直射南回归线，北半球全年白天最短，黑夜最长。那一天在北方，是数九寒天的第一天，明天会比今天更冷。

我们的哭声响起。祖父在房间里说：“这日子她选得好。”

是不是祖父都知道？他们在一起生活了七十年。祖父说，这一天要吃饺子，要给祖先烧纸上坟，这一天要当成年来过。我知道往年冬至也要吃饺子、上坟，但从不知道这节气有祖父这一次语气里的隆重。

安葬了祖母，我查阅相关资料：这一天，“阴极之至，阳气始生”，古时它是计算二十四节气的起点，也是岁之计算的起讫点；这一天如此重要，仅次于新年，所以又称“亚年”;民间常说，“冬至如大年”，“大冬如大年”。

祖母过了年，也到了冬，圆满了。愿她在天之灵安息。

2014年3月13日，知春里1804

跑多远才能回到家

我想跟你说的是一个十二岁的孩子，她从一条据说可以返回故乡的马路匆忙小跑，三十里路，可能还不止，直到她来到一个岔路口，那么多条道路同时出现在她面前，她迷路了，然后发现了自己的恐惧、脚上的血泡和一瘸一拐的双腿。所有的房屋都面向北方打开窗户和门，夕阳落到了东边，这个黄昏，车辆和行人有他们各自的目标。

而她突然失去了方向，记不清哪条路通向她家的门楼和高高的烟囱。她抱着脚坐到路边的一块石头上，努力回想十天前是如何走过这条路的。但是十天

前她只有痛哭，以回家的名义被从一个家里带走，坐上一辆破旧的中巴，在安慰和哄骗中低着头，被带到了一个陌生的地方。别人告诉她那是家，她却始终认为那是个新地方，长这么大头一次来这里。来时的路记不得了。她又想弄清楚是如何独自跑到这里的，仍然想不清楚。这些天来她一直想回到原来的那个家，每夜都听见自己在梦里哭。终于忍不住了，放学后没有回家就直接上了路，她要回来。上路的时候有种大无畏的豪情和焦迫的乡思，想外公外婆舅舅舅妈，想哥哥姐姐。

她是我妹妹，姑妈的孩子，从小在我家长大。

我妹妹在石头上想不起来路上的任何东西，有东西在赶她，让她快跑，以至忘记了长路上的孤单和恐惧。她什么都没看到，听到了不懈的鸣笛却没看见一辆汽车。一定有无数辆汽车赶到她前面，但她视而不见，只看见一条回家的路和自己迈得太慢的脚。麦地没看见，生长的树木没看见，还有被忽略的青草、河流、飞鸟和临街而居的一户户人家。

现在她都看清楚了，连同蛰伏已久的恐慌：她并不知道如何才能回到家里，她以为一条路会冲着家门而生。我的妹妹离开了家，又回不了家，像河流上的一棵草，停留在大水的中央。原以为只要向前走就会与外婆越来越近，谁知道恐惧告诉她，她甚至无法确知他们到底在哪里，他们在确定的位置上突然模糊起来。于是我妹妹坐在石头上哭了，她为自己的恐惧和无家可归而哭，为越发捉摸不定的外祖母而哭。

我要一生都感激那些好心人，一个老阿婆，一个中年的母亲，一个慷慨的汽车司机。老阿婆最先发现正在哭泣的妹妹，为她擦掉眼泪，问明了妹妹的去处。然后，嘱咐那个中年母亲照看一下，把妹妹带到青湖去，妹妹兜里一个钱都没有，司机没要她的票。十二岁的妹妹到了青湖，一颗心才安定下来，这地方她熟悉，家的概念重新清晰起来。在此之前她根本不知道下一分钟会发生什么事。她忘了道谢，下了车就跑起来，又是十里路，我妹妹一口气跑回了家。

最先见到的是她的舅舅，我父亲。她一头冲进屋里，没等我父亲反应过来就死死地抓着他的手，放声大哭，怎么也遏制不了。她要把思念、恐惧和委屈都哭出来。

这是第一次。第二天早上妹妹就被送走了，她还要上课。一个月后第二次回来，她有了点经验。我愿意相信这经验得自一个月来的计划和推敲。星期天一大早，别人都还在床上，她起来，留了个字条在桌上，告诉他们，她要回外婆家。口袋里仅有十块钱，是她一个月的积蓄。妹妹来到车站，不知道哪一辆是开往青湖的车，一辆一辆地问。站在路边的妹妹像个可怜的小乞丐，个头小，身子单薄，脸都没顾得上洗，还留着做梦时流的眼泪。三块钱从东海坐到青湖，五块钱雇了一辆三轮车，从青湖到我家。

下了车又哭起来，十二岁的妹妹见人就哭，说她想我们。

才十二岁，她竟然走了这么远的路，还雇了一辆车。问她如何想到这些，她说不知道，只想着要回家，就一件一件地做出来了。我想说的是，妹妹将来一定会做成很多大事的。

那些日子正是祖父身体极差的时候，有一天他在院子外突然感觉不好，被人架了回来。妹妹吓坏了，扑在床边抓着祖父的手，哭得惊天动地。十二岁的孩子，懂什么呢。她竟然都懂了，只是不能清楚地表达出来。她抓住祖父的手拼命摇晃，她一定知道，这其实是在挽留一个亲人。

2002 年 2 月 1 日，东海

贵　人

很多年前我遇到一个瘸腿女人，她跟我说：“你总有贵人相助。”说话的时候正给我看手相，她又说：“现在，我就是你的贵人。”我很高兴。屋子里还有三个人，他们是我室友。她只说我有贵人相助。那一年我念初二，父亲托人在镇上医院的家属区帮我找到一张床位，房间里四张床，另外三张住着医院里员工和他们亲友的子弟，他们念初三和高二。阴天，刚下过雨，我和室友吃过晚饭正打算去上晚自修，瘸腿女人从一小摊雨水里走过来，运动鞋上依然沾着泥。个头不高，我记不清她是不是长头发了。她向我们打听一个地方，我们都说不明白。她就说，进你们屋坐坐吧，反正时间还早。我们就让她进去。她坐在我的床上，我们排成一排坐她对面。我没见过如此能说的陌生人，她认为自己无所不能，包括看手相。事实上，这种事和迷信一样让我们着迷。我们依次把手伸给她，只在抓着我的手时她才说："好，你总有贵人相助。"

现在，她是我的贵人。但我不知道贵人是如何助我。我仔细想过很多次，那天她自始至终也没有透露这一点。因为兴奋，我好像也忘了追问。她一直在说，滔滔不绝，我们慢慢都发现这个女人有点不靠谱，一个人怎么会有那么多不着边际的话要说。四个人开始轮流看表，年龄大一点的先说，时间不早了，我们得去学校了。瘸腿女人瞄了一下手腕，我记不清她戴没戴手表，时间还早，再聊一会儿。催了三次，她都坚持再聊一会儿。后来实在不能耽搁了，我都没心思听她山南海北地神侃了，她还不愿离开。这很要命，即使念高二的室友也没遇到过这样的事，他也不知道怎么让她走。活生生地往外赶，谁都做不来。后来还是年龄最大的室友想出了办法，他看见他在医院做保安的表叔从窗外经过，赶紧跑出去叫住他。

该表叔个头高大，现在想来也有一米八，进了屋跺一下脚，说："赶快走，小孩要上学了。"

瘸腿女人说："不急，说说话。"

"有什么好说的？"表叔说，指着她，"你走不走？"

她才有点怕，讪讪地站起来，说："就是说说话。"

表叔的胳膊很长，突然间又紧急长出来一截似的，大老远就抓到了瘸腿女人的胳膊，拎到门外。瘸腿女人说："就说说话，就说说话，我是他的贵人。"在门外她还想再进屋，被表叔推一个趔趄。"有话回家说去！"表叔口气硬得像水泥路，用下巴对我们示意，"你们走，我来收拾。"

我们四个人慌里慌张锁上门，撒腿就往学校跑。都有点怕了。

事情还没完，两天后瘸腿女人又来了。她在我们的窗户底下张望，我和念高二的室友正在旁边的医院食堂里吃晚饭，两个人赶快低下头，恨不得把脑袋埋进稀饭碗里。瘸腿女人转了几圈走了。又过一天，我一个人在宿舍，看见她正从家属区大门口往这边走。瘸在右脚，只用右脚的前脚板走路，脚后跟一直悬着，水泥路也走得一下高一下低。出门逃跑是来不及了，我插上门，躲在她透过窗户也看不见的床后面。她敲了好长时间的门，问有人没。我像贼一样屏住呼吸，直到门外的怪异的一个半脚步声走远。

那些天整个镇上都在风行疯女人的传闻。我一直不明白，为什么过一段时间总要出现类似的传闻。之前是杀人犯，抱一把菜刀径直闯进别人家，见人就砍；以后也流传过一个酒鬼，专喜欢用酒瓶子砸人脑袋，有时候不醉也装醉，你一靠近酒瓶子就兜头过来了。还有很多。这一回恰好是个女疯子，学校里大家都传她喜欢从黑灯瞎火的地方跳出来，在背后掐人脖子，她身上有治不好的可怕传染病。尤其家住镇上的同学，把女疯子说得有鼻子有眼，虽然谁都没有亲眼见过。

我不能不想到那个瘸腿女人，她说是我的贵人。我陡然觉得这事古怪又恐怖。晚上我们四个人下自习一起回医院，各说班上同学关于疯女人的传说。说到最后，四个人都怕得要死，抱着脖子一路跑回医院。在灯光底下我看见了我的皱巴巴的床单，一下子浑身发痒，瘸腿女人当时坐在我的床上。我一把扯下床单，发现靠墙的一块湿了，水渍一直浸透了棉褥子。没有人知道这是怎么回事。我只念初二,十三岁，吓得两腿都软了。那天晚上我把席子和褥子都扯下来，在一个室友的床上挤了一夜，上半夜无端地恐惧，下半夜满满当当的噩梦。

第二天我把被褥抱到太阳底下，从早晒到了晚。又过几天，一个室友向我道歉，是他往我褥子上倒了一杯水，因为那天中午我说了一句他不爱听的话。那句话是什么，我也想不起来了。

我要说的还是那个瘸腿女人。那之后的某一天，我几乎就要从恐惧里摆脱出来了，上数学课，我无意中歪了下脑袋，看见窗外松树下站着一个人。我听得见身体里有根弦绷断的声音响起来，同时就绝望了。即使她换了一身衣服，还是那个自称是我贵人的人。她站在松树下无所事事地心事重重。下课时我没出教室门，厕所都没敢去，憋着。我恳求周围的同学，那就是我跟你们说的那个瘸腿女人，千万别告诉她我在这里。放学之前她总算走了。

断断续续十来天时间，她都在那个松树底下站着。没有人知道她要干什么。我搞不清楚她怎么找到了学校里的。从医院到学校很有一段距离，还要跨过一条运河，河上的桥那时候我觉得挺长。我莫名其妙地认为，她到学校里来一定跟我有关系。我尽量不上厕所。如果她到学校的时间比较早，课间操我会混在一堆同学中间去操场。做操时我往后跑，我知道我个头小。我能看见她站在操场北边的冬青树丛边上。我没想过要知道她是谁，叫什么名字，从哪里来，只是纳闷她来这里究竟要干什么。

有一天课间操结束，我早早回到教室。从厕所回来的同学说，好玩死了，有个疯子堵在女厕所门口，谁都不给进。我问男的女的？当然是女的，要男的，早被打死了。我无端地就想到瘸腿女人。那个课间极其漫长，大部分同学都去看热闹了，我一个人坐在教室里，终于也忍不住要去看看。厕所在操场边上，我站在冬青树丛这边，看见女厕所门外围了一堆女生，她们想进厕所又不敢。女厕所里传来含混的女声。

后来校警提着根黑棍进了女厕所，很快又出来，胳肢窝里夹着瘸腿女人。他的步子大，瘸腿女人倒退着走哪里跟得上他，脚后跟着地被一路往校门口拖。身后扬起两道尘土。瘸腿女人一边哭一边喊："不要赶我走！不要赶我走！"远远地我能看见她脸上亮亮堂堂，她泪流满面。我在那里一直站到上课铃响，看见她被校警像破包袱一样扔到校门外。她摔倒在地时我感到了疼。她坐在地上一直哭着喊:“不要赶我走！不要赶我走！”

不知道她为什么这么喊，为什么要哭。以后我再也没见过她。这个自称是我贵人的女人，我知道的不会再多了。

2008年3月26日，海淀南路

在信仰的国度

没去过斯里兰卡，抽象地觉得远在了天涯海角。因为远，就本能地以为无所知，于是去前开始大做功课，在飞机上断断续续的睡眠间隙里一直看书，希望落地时不至于太唐突。落了地，在机场就感到潮湿的热，出了机场打眼看到路边丰肥的热带植被，明白为啥觉得远得恍如隔世了：斯里兰卡再往南就是赤道了，对于一个生活在北温带的人来说，赤道几乎就远在了地球的另外一头。碰巧我去过的十来个国家，全在北回归线以北，我对赤道一带充满了魔幻现实主义的想象，这些想象源于各种关于非洲和南美的描述。

坐上接站的中巴，一路看到首都科伦坡，我庆幸这几天来看对了书。译成中文的斯里兰卡文学书一本也没有找到，我又想了解除景点介绍之外的这个国家的其他事情，最终选了奈保尔的非虚构作品《印度三部曲》。多年前读过，是因为文学和印度；这次重读，是想在书中找到一点斯里兰卡的蛛丝马迹。斯里兰卡孤悬在印度东南，从地图看，两者一衣带水。资料上说：2500 年前，来自北印度的雅利安人移民至锡兰岛建立了僧伽罗王朝；公元前 247 年，印度孔雀王朝的阿育王派其子来岛弘扬佛教，受到当地国王的欢迎，从此僧伽罗人摒弃婆罗门教而改信佛教。只此两条，从印度看斯里兰卡应该不算太离谱。但我担心的是，手头正读的《印度：受伤的人民》是否过时了，奈保尔在 1977 年出版该书，现在是 2014 年。近四十年，在一个高速发展的现代世界，肯定是换了人间。但在进入第一大城市的沿途，我怀疑奈保尔当年写的不是印度，而是前不久的斯里兰卡。我没去过印度，不知道奈保尔离开后的四十年里发生了多大的变化，但就以我见到的这一路“城市化进程”来揣测，印度/斯里兰卡可能多年来都是蹒跚着走向现代化。

进了郊区，清早的大街上走着很多赤脚的老人，穿缠腰布，露出精瘦的古铜色身体。刚下过雨，他们对浅小的水洼视而不见，面容中有某种坚定的茫然和空白。沿街的建筑低矮、破败，除了佛塔和佛像尊荣隆重，住家和店铺一例漫不经心地单薄和贫瘠，有人坐在墙根，无所事事，迟缓地运行他们的身体和表情，低下头时，我总以为是在看蚂蚁搬家，就算看蚂蚁搬家，他们也不是专注敬业的那一类，而是有着神游物外的空茫和懈怠。偶尔有几辆沾满泥水的低端汽车迎面开过来，更多的是头尾都包裹起来的小小的机动三轮车，斯里兰卡叫 TUTU 车，中国有些地方称之为“小蹦子”。车顶上注明：TAXI。

我以为这种出租车只在郊区使用，拐过一条街，接站的朋友说，进市中心了，再拐两个弯就是希尔顿。小蹦子多起来。朋友说，科伦坡的出租车就是这个。我狠狠地纠结了。如果此地离市中心还有五公里，如果 TAXI 的字样过了一条街就出现在哪怕 QQ 和奥拓的头顶上，我也不会这么恍惚——我来自苏北的乡村，见得最多的也许就是贫穷和落后，但我必须说，一个国家的首都如此缺少过渡，还是超出了我的预料。

事实就是如此，在希尔顿的十三层楼上我眺望整个科伦坡，除了屈指可数的几座可以跟“国际大都市”的想象稍微贴近的高楼，这座谦卑、沉默和缓慢的城市并不比我故乡的县城繁华多少。经见了中国近年来疯狂的城市化和现代化，习惯了以 GDP 和高楼大厦作为发展指标的语境，科伦坡确实让我有点反应不过来。我比来之前更迫切地想知道，斯里兰卡人究竟在想什么。

我到斯里兰卡是为了参加科伦坡国际书展。活动不多，结束了就往大街上跑，朝人群里钻。累了就叼根烟站在路边，看斯里兰卡人和车辆水一样从我眼前流过。他们说口音极重的英语，有些人英语不通，只会说僧伽罗语，偶尔的交流只能靠比画。若非在沸腾的市场上，他们很少喧嚣聒噪，步行者沉默地走，依然有着石头一样坚硬或空白的表情，或者稍稍低头若有所思。没事的时候他们喜欢坐着，面对陌生人会露出单纯、淡然的笑容。他们形容焦枯，但你在他们脸上看不到焦虑和纠结，更不可能发现歇斯底里和穷凶极恶。他们长着一张安之若素、习惯于慢半拍的脸。你会觉得他们身体和精神的某些部分是静止的，被坦然地搁置到一边，因为这些部分无须或者根本就不屑参与进日常生活。只有礼佛时除外。手持莲花右绕佛塔转着圈子走，或者面对佛像垂首低眉双手合十，他们才会动用整个身心，身体在暗暗地绷紧，意念在上升，神思专注而邈远，他们庄严凝重。

不知道这个数据是否准确：斯里兰卡人有 76.7% 信奉佛教，7.9% 信奉印度教，8.5% 信奉伊斯兰教，6.9%

有信仰的國度

信奉基督教。即便有出入，这也是一个绝对的信仰的国度。我在一座寺庙里看到了一群密度巨大的斯里兰卡人，绕塔者绕塔，礼佛者礼佛，念经者念经，余者劳累的男女老少，在塔前、墙下、鹅卵石上、沙地上随机席地而坐，就算只是发呆，表情也丰盈饱满，一派祥和。除了祈祷诵念之声，整个寺庙有种午后斜阳的静谧，让你觉得这世界本该如此，太初有道，理所当然。

正是在这个寺庙里，我对先前的认识产生了怀疑。那些缓慢地走在郊区布满水洼的路面上的斯里兰卡人，那些匆忙穿行过科伦坡马路上的斯里兰卡人，果真都长着一张茫然和空白的脸？他们的茫然和空白是奈保尔认为的印度式穷人的无知、蒙昧、懒惰和无所事事，还是源于内心的虔信与笃定，或者对贫穷、制度和种姓的隐忍和顺从？我请教了一位在科伦坡生活了多年的华人，说起斯里兰卡人他既羡慕又鄙夷：被中国人视为三座大山的教育、医疗和住房，斯里兰卡人根本不需要考虑前两者，教育和医疗免费，国家埋单；至于房子，天热，你要愿意凑合过，有个屋檐避雨就行了，穷人可以穷得心无挂碍。正因为没负担，他认为纵容了斯里兰卡人物质生活的惰性，没压力就没动力，操那心干啥？他们把自己全身心地交给精神生活，对很多人来说，信仰是日常的主体。他们安于贫穷，不思进取；也因为甘于种姓的贵贱，他们对贫富分化视若等闲。这位华人兄弟为此颇为骄傲了一把：以中国人蓬勃的进取和吃苦耐劳精神，在斯里兰卡发不了财简直天理难容。他是发财者之一。

他们安于贫穷。这是否就是斯里兰卡相对落后的真相？如果安于贫穷，那么贫穷在哪一种意义上让他们心悦诚服？我随身携带的《印度：受伤的文明》一书中，奈保尔也论及了这个问题，他写道："尼赫鲁先生有次评论说，印度的一个危险是，贫穷可能被奉为神圣。甘地主义就曾有这样的现象。圣雄的简朴似乎和贫穷神圣化了，成了所有真理的基础，成了独一无二的印度的财富。”是否可以简便地让尼赫鲁和奈保尔的论断跨越保克海峡直接从印度移植到斯里兰卡？我不知道。斯里兰卡也在把贫穷奉为神圣？我也不知道。我在斯里兰卡只待了不足一周，就算不吃不喝不睡一百多个小时里目力所及的都是真相，也没能力说出一个真实的斯里兰卡之万一。她距我们如此遥远，距离我的生活和认识如此遥远，几乎超出了我的世界观、人生观和价值观。我看到了斯里兰卡的贫穷，我也看见了斯里兰卡对于贫穷的不安。

此次书展正值中国国家元首访问斯里兰卡，将签署多项重大合作项目，也将给斯里兰卡带来巨额投资。整个科伦坡挂满了五星红旗。几乎所有像样的宝石店和茶叶店里的伙计都会说一点汉语，在中国人开始有了一点钱的这些年里，他们负责用汉语来招徕中国游客，跟中国人讨价还价掏中国人的腰包，现在，他们大力赞颂中国的好，中国人好，中国的元首好，他们对我跷起大拇指。我问一家宝石店老板，为什么中国人好，他左右手的食指和大拇指兴奋地捻动，做数钱状，然后摊开两手不停地往外送，同时鼓起腮帮子不断地往外吹气，他说：“中国人，好！中国人，好！”他夸的其实是人民币。

2014年10月2日，知春里

世界和平与葫芦丝

汉字很奇怪，你问天下是否太平时，我觉得这问题与我息息相关；你若问世界是否和平，我觉得它离我很远；好像天下比世界小，好像天下围在你身边而世界必定远隔重洋。基于对汉字的偏狭理解和日常生活中的错觉，在谈论我们的生活是否面临动荡和威胁时，我会给出两个不同的答案：天下太平，因为我的生活目前比较安稳；而千里万里之外的世界，和平正在经受考验，反动和杀戮每天进行。谈论后者，我常常觉得“世界”在另外一个世界，我从各种新闻报道中得知，那里打起来了，那里也打起来了，那里还要继续打下去；作为“和平”对立面的“打”字，于我大多时候只是一条讯息，看完就完了。对很多人来说，现世安稳，每天在日常生活的忙碌里奔波，别人的战争与和平其实就会变得很抽象；死亡抽象，伤痛抽象，数字和毁灭也抽象，因为我们无暇他顾，因为我们不在现场，因为我们没有切肤之痛。说句“政治”十分不正确的大实话，如果不看新闻，这两年忙起来我都想不起“世界和平”这回事。

但是这两年我祖父总把“世界和平”挂在嘴上，在电话里动辄跟我谈国际形势，提醒我哪里现在“不安全”，哪里又“紧张”了。祖父久居乡野，这辈子去过最远的地方是省会城市南京，离家六百余里。那时候他还年轻，是个教书先生，长江大桥尚未建成，他坐轮渡登上六朝金粉之地。现在祖父年逾九十，活动范围以家为中心，方圆五公里以内，到镇为止，因为没什么事需要到比镇上更远的地方去办。祖父每天看电视新闻，世界上哪个角落稍有风吹草动，他就知道。

因为我在北京，他连北京的天气状况也能报得出来。

这几年出国比较多，出去前我会跟祖父告个别。他就在电话里说，最近中美关系紧张，一定要去吗？前几天又有恐怖分子劫了客机，飞机能不能不坐？欧洲经济危机很严重，社会不太稳定，晚上别一个人往外跑。叙利亚又打了，会不会影响你去的国家？如此等等。我就宽慰祖父，我只往安全的地方跑，去谈文学，又不是打仗。祖父说，今天这里枪响了，明天那里冒烟了，哪还有能睡得着觉的地方。

世道如此，还能怎么办？我劝不了。

祖父叹口气，这世界是乱了。

祖父教书之前被抓过壮丁，让他拿枪去杀人。那时候国共内战，日本鬼子也骑着高头大马在我家乡乱转，因为认得几个字，祖父被委以一个小头头的职务。可他杀鸡都下不了手，哪里是拿枪的人，扔了家伙跑庄稼地里躲起来了，天黑前不敢从高粱秸捆里露出头。这事后来成了祖父的罪证之一，“文革”时被戴上白纸糊成的高帽子游街。批斗和游街也是祖父不能承受之重，四海翻腾云水怒，五洲震荡风雷激，轰轰烈烈的事他都扛不住，一头从二楼上扎下来。还好命没丢掉。此后他被从学校里揪出来，成了猪倌，每天和几十头猪打交道。

七十岁以后，祖父很少再提过去，他开始关注“世界”。孙子辈的已经开始在外面跑，出门念大学，工作，在不同的城市成家立业，出国；他希望能为我们这一代人想象出一个安稳、宁和的环境——只能是想象，因为世界每天动荡，就没有消停的时候；他无论如何也使不上劲儿。尽管他不提过去，但过去肯定一直都在，那个时间里有他对“和平”最切身的体认。也因为这个体认，他会本能地将风吹草动的当下“世界”与他的过去迅速建立起联系，世界于祖父而言比我近得多，就在眼前，任何有悖人道、涉嫌恐怖与杀戮之事都让他警醒和惊惧。他都要在出门前提醒我。

若干年前，父亲跟我说，祖父的二胡拉得很好。

我很震惊，长这么大我从没见过祖父碰过二胡，一次都没有。我问祖父，祖父说，忘了，不会拉了。一晃又多年，祖父依然不碰二胡。有一天和朋友聊天，如果从战场归来，你最想做的一个职业是什么？我想不出来。回家时坐车横穿北京，看见车窗外一个卖葫芦丝的男人在路边慢慢走，脖子和肩膀上挂满葫芦丝、笛子和箫，正低头吹着《月光下的凤尾竹》。那男人的形象低调谦卑，而曲音欣悦祥和，给我一种劫后澄明之感。人和曲子突然让我与“世界”有了联系，似乎想象里的视野也开阔到了地球的另一边，“和平”一词有了确切的含义。有答案了，我给朋友发了条短信：

游走街巷，卖葫芦丝。

2012 年 6 月 7 日，小泥湾

墙外看北大

在北大念了几年书，便被目为北大人，走到哪都要被问，你们北大如何如何。经常弄得我有点蒙，得理一下头绪才敢挺身接招。不是我不想跟母校扯上关系，而是，我思路通常不在“我们北大”这个理直气壮的频道上，我要调频确认之后，才能回到一个北大人的语境里。去年，某出版人想出一本北大历年先贤和后进的文章合集，邀我写序；确知来意，我赶紧三级跳往后撤，如此序文，小子安敢。该出版商强以为意：北大的书念了，北大的课听了，北大的食堂轮流吃了个遍，在小说里也把北大写了一回又一回，那肯定是知根知底了，有一说一即可，就从了吧。我不得不告诉他，北大之大，岂是任谁提笔都能写的？再者，我真不敢说就弄明白了北大，这十年，我都在北大的外围转圈子。

此事确切：十年我都在北大外面转。

念书时住在北京西郊的万柳研究生公寓，距离北大十里路。去燕园的班车少，等起来烦，我习惯骑一辆破自行车咣当咣当独自去来。去要二十分钟，来也要二十分钟，去来之间总得做点准备活动，去完来后再平心静气，花掉的时间一个钟头也不止，所以没课我不往学校跑，总在课前课后进图书馆，借上一大堆书，抱了回宿舍读。研究生的课程也没那么多，集体活动我能躲就躲，在宿舍待久了，竟觉得校园里是个例行公事的陌生地方。北大的念书生涯差不多就这么若即若离地结束了。入学前我也曾有宏大抱负，立志在读书期间将北大看个底朝天，边角旮旯都不放过，未名湖每天绕上一圈走。毕业后检点了一下，发现只在入学之初走了几趟未名湖，其后的缘湖漫步都是作陪客；亲戚朋友来北大，湖光塔影是必看的景观，只好硬着头皮当主人，一通瞎摆活儿。不管你说得如何不靠谱，亲朋好友都信以为真，你是北大人嘛。他们哪里知道，我过的基本是北大的墙外生活。

前些天有个德国记者采访，问题之一是：在北京，我最喜欢去哪个地方休闲和散步。该记者显然希望我说出京城某个振聋发聩的名胜，那些地方才有他们喜闻乐见的“中国式景观”。很遗憾，我说，我最喜欢去的是北大。这答案让我自己都吃了一惊：毕业后我去北大的频率更高了。很多时候好像的确如此：饭后出门，头脑里想着正在写作的小说，沿中关村大街乱走，走着走着一抬头，迎面是北大的校门。

说顺嘴是个问题，走顺腿也是个问题。我不得不上了心。回头一看，哦，照空间距离算，毕业后我倒是离北大更近了。这些年如贫困的蚂蚁一样不断搬家，从一个小房子换租到另一个小房子，直到现在有了属于自己的书房；几次搬迁，最远处离北大步行也就二十分钟。念书时自行车二十分钟，现在晃晃悠悠走到北大，也二十分钟。几个住处，以北大为圆心在兜圈子。由此我推断，母校的影响大约就在于此：要么规约你平生的志业，要么是让你一辈子都在努力缩短和她的距离，哪怕仅仅是空间距离。很可能双管齐下。

以我从事的文学论，与所学专业实在再对口不过了。写作是个罕有的排他性职业。据我所知，写作日久年深后，绝大多数作家都会逐渐丧失舍此之外的诸般谋生能力，离了写作真的会饿死。若无意外，这辈子大概我也只能干这个了。不管这个说法是否矫情，我都必须承认，我的写作背后站着一个“北大”。事实上毕业有年，我一直在频繁地出入北大，每周一次到五院中文系的当代文学教研室，参与一个研究课题的讨论；这课题本身也在时刻提醒我，你与北大和文学脱不了关系。很可能正是因为多年来的写作和专业研究，培养了我两条腿的惯性，抬脚就往北大走；所以，它们要缩短与北大的距离，哪怕仅仅是空间距离。

但我依然感觉是在北大的墙外转圈子。一度我以为是源于“半路出家”，缺少充分的认同感。刚进北大时就听闻一个“出身论”：只有本科即就读北大的学生才算根正苗红的“北大人”。这天赋的资格，我等半路出家的研究生只能靠边站，我们血统不纯，顶多就是个半主半宾。假如说北大的本科生称北大为“母校”，我们只能称她为“继母校”。你都没有资格全身心地爱这个母亲。也因此，我的很多“继子”同学在本科出身北大的同学面前，很少说“我们北大”，而是“你们北大”。你们北大如何如何。这跟别人看我时有点像。可是我认真想了一下，还是觉得我与北大实在没有“继”式的生分，我也不认为自己就是个寄人篱下的二等公民——那么，究竟是什么让我在对北大敬重和景仰之余，墙外之感多年来徘徊不去？

因为北大之大。北大很大，不唯面积广大，也因其历史悠久，还因其大师林立。清华大学前校长梅贻琦先生说："所谓大学者，非谓有大楼之谓也，有大师之谓也。"当你想到百年来群贤毕至、典范云集，一个多世纪的大师们奔走或悠游于湖畔、塔前和红楼内外，当你念及那些堪称思想、学问和变革的创造者与发动机的前辈，那真是要生出博大的敬畏。不知道别人如何想，反正我刚进北大时，想当然地以为老先生们就该身材健硕伟岸，须仰视才见，要么就是仙风道骨，超拔脱俗，但拜见了诸先生，真是大跌眼镜：严家炎、谢冕、洪子诚三位先生，都是矮个子的小老头；钱理群先生也不高，还是个弥勒佛一样笑眯眯的胖子。头一次看见几位老先生在五院的松树底下聊天，任别人怎么言之凿凿地指认，我都不信，怎么能长成这样，没理由啊。后来我好像还跟洪老师和钱老师说过这事，他们就笑。这还仅是中文系现当代文学专业的老先生，要是放眼整个北大的先生们，不知道该敬畏到哪个地步了。

鉴于他们的皇皇学问，鉴于对他们为人与为学的敬畏，我总为自己的简陋惭愧和胆怯，觉得立于门外的姿态更适合我。我的确做过几次颇具象征意味的梦，梦见自己站在五院的门楼外抬不起脚，五院的门槛很高，院子里师友们在侃侃辩难。如果门外的姿态于我适宜，那墙外之感也就水到渠成了。

还因为北大不仅是个学术问题，更是一个社会问题。在中国，大概没有任何一所大学像北大这样，毁誉参半，被寄予厚望的同时又饱受指摘，动辄要划入社会问题的范畴来讨论。哪是纯粹的学术动静，出了北大的围墙就成了社会问题。当然，这是北大的传统之一，也是北大的荣光。五四以降，北大就与天下和世道人心缠绕在一起。不管她在今天被如何责难和矮化，她的民主、自由之精神依然在所有关心北大的人的口舌之间相传——这恰恰说明北大秉承的民主、自由以及北大本身之于当代中国的不可或缺。人们对一个更美好的社会、对一种更美好的品质、对一个更美好的大学的向往，一百多年来从未断绝。

望断西山

住惯了向阳的房子，我总以为现在的宿舍也是朝南的，两年了也不能在感觉里把它扭转过来。事实上宿舍是朝西的。我几乎要对每一个来宿舍玩的同学和朋友介绍，我有个西向的窗户，你看，下午的太阳完整地照进来，还有西山，北京人挂在嘴上的西山就在我们眼前。要在一年前，顺着我手指的方向他们就能看见西山，现在不行了，我指完了，他们总要问：在哪里？

我说，还在原来的地方，就是看不见了。

被一天天长高的楼房挡住了。过去我站在窗户前，抬眼就看见西山，晴日里青黛，微微有些透明，觉得西山真是个好东西，像座精致的建筑；阴天就暗灰，苍茫沉重，连绵地伏在大地上，只能是座山了。我生长在平原，开门见山的日子从没经历过，所以在万柳这地方，开窗就能见到山让我高兴。刚来的时候，万柳还很荒凉，偏于北京的西北角，到处是破烂的平房，废墟，尘土飞扬的道路和建筑工地。我打车过来，司机师傅转了半天都没找到，还是在警察的指点下才摸到这里。警察说，直往前走，没路的地方就是。车子一直把路走断，果然见到了，当时的万柳，完全是一个巨大的尘土加工厂。

我住五楼，不高不低，谈不上有什么好感，气愤倒是有的。正值九月，热得要死，发现下午的太阳从窗户直射进来，真是莫名其妙，北京的太阳也热晕了，它怎么从南向的窗户进来？舍友说，我们的房间是向西的。我转向了。一下子转了两年，没能改过来，可能还会继续转下去。以后我知道窗户朝西，但还是觉得朝南，早上起来若不清醒，还会把头伸出窗外，到南边去找初升的太阳。所以我气愤，这么个兔子不拉屎的地方，离学校足有十里路，上一次课要骑半个小时的自行车。然后就看见了远处的山，都不知道那山叫什么名字，一个北京的同学说，大名鼎鼎的西山。

我的床位在窗下，电脑和书桌也在窗下，扭头就看见西山，真好。它把我的气全消了，多少年来它都在那里呢，被我一转脸就瞧见了。看西山成了我在万柳生活的重要内容，没事看看山，猜测与它的距离，用望远镜看山上的树、石头、半山腰上的一团雾，看山和山怎样辗转和过渡，怎样从一座山变成另一座山，看山连山和山外之山，望远镜质量不错的时候，还能看见一两个小人在大石头上走路，穿红衣服。

荒凉的万柳和周边地方开始改变，越来越多的平房和废墟被抹平，建筑材料和脚手架运过来，工人们爬到架子上，把运来的一块块砖头垒在一起。尘土

望断西山

也落下去，上面覆盖了一层坚固的混凝土。不管白天黑夜，万柳的耳朵里都有搅拌机在喘息。所有的砖头都垒完了，砖头就消失了，它们穿上了瓷砖和马赛克的华丽外衣，一幢楼出现了，一个小区出现了。路灯也在夜里亮起来，沿着路灯的走向，更多的楼房被建造出来。就一年多的工夫，万柳像栽树一样突然楼房林立。一夜之间就现代化了。我的五楼一下子变矮了，我的窗户不动，它们的楼在长，一不小心就更上一层。它们在你眼前长，一点点地切割西山，今天看到三个山头，明天就只能看见两个，那个矮一点的山头没了。再过一天，只剩下了一个。我每天都在窗前看，原来是看西山，现在是看楼房，然后在楼房之间找西山。西山被裁得越来越小，能见度不太好的时候，西山看起来就像一团边角僵硬、形状不规则的乌云。

西山还在小，直到被一个庞然大物完全遮蔽。现在我从电脑前转过脸，看到的就是这个庞大固埃。据说是亚洲，也有人说是整个世界，最大的超市，一个超超级的大卖场。这个巨大的死东西还在完善，工人们在它身上贴瓷砖，花花绿绿的七色杂陈，远看就是一个巨型魔方。除了上帝，只有人能把它玩转。我在痛恨这个魔方的时候，更高的楼在它身后起来了，比毒蘑菇长得还快。西山是彻底看不见了，踮起脚尖也看不见。

不知道那些高楼为什么要长这么高，也不知道那些住在高楼里的人，是否也常常转身向西，看多少年不再长高的西山。有时候我也羡慕那些居高的人，他们像我过去一样，抬眼就能看见西山。我也会想那些低于五楼的人，我的五楼也曾挡住了他们的西山。如果他们也有看西山的爱好，他们是否会搬到那些高楼里，以便转脸就是西山。也许所有人都爱看西山，所以他们不断地往高处搬，所以楼不得不越长越高，最后，我们就看到了一个脖子越伸越长的北京。

2004 年 6 月 23 日，北大万柳

中关村的麻辣烫

在北京待久了，多半头脑里都有一幅美食地图：川菜的有哪些好馆子，湘菜的该去哪几个地方，淮扬菜的到谁谁家味道更好，海鲜、西餐要往哪边走。用北京的话说，门儿清。我清不了。其实把菜如此大大咧咧地以川、湘和淮扬等作风格论，已经说明我是个外行。见过年轻的小白领说西餐，那都是具体到意大利通心粉、法式鹅肝、英国的薯烩羊排、美式牛扒、俄式的鱼子酱与德国的啤酒和自助餐的。功力深浅要看细节的落实能力。我落实不了。每一回朋友聚会，委托我在中关村找个像样的馆子，我就得赶紧百度；

懒了或者上不了网，那就直接往我住的小区门口带，那一溜的馆子轮着吃。吃到熟悉的朋友都烦了，一落座就提醒我，这已经是第三轮了，事不过三啊。我心想，别随便威胁，除非下一次你站门口不进来。

中关村的人很多，你能想象出来的基本上都有。从国家领导人到大学教授、富商巨贾、中产阶级、IT精英、普通学生、平头百姓、打工、卖艺和乞讨的，国内的国外的，黑人和白人，各阶级、各阶层、各色人等，在中关村大街上走两圈你就全能碰到。我喜欢把这地方比作研究中国当代的一个标本，它就是一个微缩版的中国社会，你很难找到另外一个地方能够如此完备地与中国的当下社会同构。无数的人从五湖四海来，声音可以迅速地被改造成普通话，但被方言和母语养育出来的胃一时半会儿改不掉，所以，在中关村，你能想象出来的菜和味道基本上都有。

美食很多，绝大部分我都不知道，没吃过，也没什么兴趣。这话听起来有点儿酸——有些的确想吃但吃不着，不过绝大部分我真的不想吃。我特别不喜欢正经八百坐在大饭店里，每道菜都贵得要死，一桌子吃下来什么味儿都没留下；像开会，一群人装模作样轮着发言，其实啥都没说，说的也没几句人话。我宁可找个小馆子，点一两个喜欢的菜，每一口都吃出它们的味儿来；这相当于三两朋友间贴心的私聊，每句话都说到点子上。所以，有朋自远方来，我常说：带你去个好玩的小馆子。大而无当的空心排场咱们不搞。

这不是钱的问题，倾家荡产吃一顿大餐的胆量我有。我要的是家常，是内心与味蕾的妥帖。当然，你可以指斥此为世俗，是小门小脸的生活，我一点儿都不想反对。因为，如果连朋友都不在时，忙起来我会比这还世俗，馆子都不进，就在路边的小摊上站着解决一顿饭，完全是小鼻子小眼的日子，比如吃麻辣烫。

在北京，我还没在哪个地方发现卖麻辣烫的有比中关村多的，也没发现哪个地方的麻辣烫卖得有中关村这么热闹火爆的。小区的后门，住宅楼底下，转过一个街角，大学的宿舍区门外，美食街的入口、中端和终点，一抬头，热气腾腾、人头往一块扎的地方准在卖麻辣烫。消费群体主要是穷人、学生、年轻人、女孩子、小白领，单身者居多。中关村这类人极多。懒得一个人回家起火的，一手烧饼，一手啤酒，荤素搭配来几串麻辣烫一顿饭就算对付了。如果不赶饭点，那就是为解馋，麻辣是上瘾的；几个小姑娘嬉笑结伴过来，即使只吃一两串也要吃——吃多了上火，脸上不太平。我是对麻辣有瘾，几天不吃心里就空落落的，丢了钱似的。我经常在傍晚或者夜半时分，看见麻辣烫的摊子前围着一堆年轻人，咝咝啦啦地吃，鼻涕眼泪都往下掉，一只手捏着麻辣串，一只手给伸出来的舌头扇风。

培养出来对麻辣烫的兴趣最早是2005年。刚从北大毕业，在学校西门外与人合租了间房子，一个月只拿一千五百块钱的工资，如果不是隔三岔五还有点儿稿费，付完房租我每个月必须有一半时间靠喝西北风才能活下去。那时候不仅日子紧巴巴的，裤带也紧巴巴的，小馆子都不敢乱进。一周里经常半数以上的晚饭都是两个韭菜馅饼外加一碗粥，咸菜是免费的。假如每天都吃鱼翅燕窝也会腻，请发挥一下想象力，把鱼翅燕窝换成馅饼、稀粥和咸菜会是什么结果。在我吃馅饼喝粥的地方隔一座桥，是两个卖麻辣烫的摊子，成年累月在下午晚些时候出现在桥的另一端，那地方是北大承泽园的门口。

承泽园里外住了数不清的穷学生、复习考研者和打工仔，加上附近疗养院的年轻职工，太阳还没落到园子的另一边，一茬茬的人就像蝗虫一样围住了麻辣烫的摊子，大冬天远看过去，像一堆人头碰头在练邪门武功，因为人头攒动之上，麻辣烫热气腾腾。因为既烫又辣，走近了你就看见每个人都在歪着嘴吃得舌头直蹦。到夏天，一个人单待着都热，吃货们就不再把头往一起扎，端着浇过芝麻酱的盘子，挑好了麻辣串就到一边吃。零零散散，三三两两，倚墙站着，就地蹲着，找块石头坐着，在暮色里，在麻辣烫滚沸的汤料升腾起的热气和重口味里，五湖四海的年轻人因为麻辣烫团结在一起，仿佛这既麻又辣、且麻且辣的各种煮熟的素菜和荤菜就是他们此刻生活唯一的目的。这烟火繁盛日常景观让我感动。那时候我刚从校门里走出来，深陷不曾预料的复杂社会，也因为写作沉溺于不可名状的悲伤里，再没有比最平常的人间烟火能让我感动了。每天看见他们兴致盎然地吃着麻辣烫，我都觉得他们是世界上最幸福的人，由此认定麻辣烫也必是世上最好的美食。

我开始把晚饭桌往桥那边移。买几个烧饼，荤素搭配挑几串麻辣烫，一顿晚饭就会吃得相当舒服。如果遇着开心事，再从旁边的超市买一罐啤酒，汤汤水水地下了肚，待酒劲儿上来，晕晕乎乎去逛公园旁边的两个旧书店，这是我当时能想象出来的最好生活。

吃了两年的麻辣烫，搬家到了中关村大街的边上。那地方人多车更多，车和人都到齐了就开始交通堵塞，摆不下一个麻辣烫的摊子。也不会让你摆，繁华的大街上冒出来个卖麻辣烫的，成何体统。但我还是在散步时有意无意地往街边和巷口处瞅，希望看见哪里冷不丁地就升腾起一片重口味的热气。终于在人大东门斜对面的一条小街上找到了。那条街小店林立，卖什么的都有，街头和巷尾果然各摆了两个摊，麻辣烫爱好者们像赌徒一样围了一个圈又一个圈，我很不客气地挤进去，说："老板，来个盘子。挑最进味的串串堆满了一盘子。"

还是那么够味。但从住处走到那条街实在有点远，我的日子也开始好过了一点儿，不必顿顿都要为晚饭精打细算，人也就跟着懒了，麻辣烫越吃越少。吃得少不代表把它给忘了，偶尔从那条街边经过，我会找个借口拐进去，多少吃上几串。如果谁问我是否为解馋，我可能会告诉他，纯属怀旧；那是因为长久不跟一群更年轻的年轻人挤在一起抢麻辣串，乍一抢有点儿不好意思——麻辣烫爱好者的队伍正在年轻化，老同志得有点儿老同志的样子。不过如果碰巧你也有此俗好，那咱们大哥不笑二哥，我会跟你说，走，来几串，可解馋，可怀旧，也可以放开肚皮当晚饭吃，我请客。

2012年7月9日，知春里

露天电影

楼下在放露天电影，《天下无贼》。在背面看了一会儿，想起小时候看电影，在背面看到电影里的人都用左手拿笔拿枪，很惊讶，不知道为什么人一上了电影就改成左撇子了。在乡村，露天电影这些年已经绝迹了，城市里又兴盛起来。尤其是汽车旅馆的露天电影，据说很多年前国外一直流行，现在中国一些地方也开始了。大家开着车到露天电影下，很少看电影，而是在车里恋爱、亲热，或者干别的勾当。汽车在这种地方相当于电影院里的包厢，一个公共空间里的隐秘的私人空间。公开的地方最安全，在这里是真理。

我希望楼下每天都能放露天电影。这东西让我有种家乡的感觉，觉得身边的世界都开阔了。很多围聚在一起，从四面八方来，参差不齐的人头安静或者攒动。世界一下子就热闹了，人与人之间就有了一种温暖而又隐秘的关系，即使相互还是陌路，也让我感动。都坐在小板凳上、椅子上，或者席地而坐、爬到树顶，零散各处的人在这里形成了一种和谐的秩序。这种日常的、过日子的场景我喜欢。

小时候一听来电影，晚饭都吃得不踏实，心悬着，到处打听今晚放的是什么片子。最好是枪战的、武打的，侦探的也行，一到城市里的谈情说爱就不喜欢。那种生活离我们太远，远得看不到，觉得他们简直不可能存在。整天撅着屁股放牛插秧拾麦子，哪有时间去找别人拉拉扯扯的。再说了，男女的手和胳膊都缠在一起，像什么样子。他们一点都不自觉，不知道一个村里的人都在看他们，手弄在一起还不过瘾，嘴也往一块靠，太不像话了，老头老太太就骂了，把脸扭过去，说他们把爹娘的脸都丢尽了。他们一点点往一块靠，身上的衣服越来越少，老头老太太气呼呼搬着小板凳走了。剩下的年轻人跟着叫，我们这些小屁孩屁也不懂，也煽风点火地起哄。那些我们后来知道的过来人，不老也不年轻的，男人嘿嘿地乐，后来怎么想都知道挠到了他们痒处，闷声不吭地会心；女人捂着嘴和眼，从指缝里继续看，笑得像个羞涩的姑娘。她们努力让别人以为她们还是姑娘。外国的片子所有人都不喜欢。长得怪模怪样不说，张嘴就是“亲爱的”，受不了。没见过哪家的男人对老婆这样说过，也没见哪家的女人这样对丈夫说过。

听说有一个同志看完了洋鬼子的片子，受了腐化，回家也拿腔拿调地在床上叫自己老婆，把她吓坏了，第二天逢人就说，他说亲爱的呢，瘆死了，鸡皮疙瘩都滚到床底下了。半个村的人都笑，见了他就亲爱的，叫得他也扛不住了，听了就两个肩膀不一样高，怕人家挠他痒痒似的。周围人的喜欢严重影响了我，大学念了一半时，我才逐渐接受国外的电影。接着就物极必反，不太愿意看国内的片子了，觉得月亮怎么就是人家的圆呢。

在搬到这个楼下有公园的地方之前，我差不多十年没看过露天电影了。不记得确切的时间了，大概十年前，从外面的城市回到家里，一个假期下来，总觉得少干点事。某一天走过中心路，停下来，想起现在两层楼的地方过去埋着两根杆子，每个月都有那么一两次，杆子上拴着绷紧的银幕。一块四四方方的白帆布，四个角吊起来。一台机器发出人跑步的声音，很多人就从一道五彩的光柱跳上了银幕。他们在我们斜上四十五度的高处生活，过着与我们不一样的日子。我们像做梦一样看他们，看他们怎么在另外一个个陌生美好的世界里生老病死。那些世界我们曾经是多么羡慕，一群屁大的孩子跟着放映机，一个一个地跑遍周围的村庄，来来回回看同一场电影。我们百看不厌。为了把那个世界弄清楚。谁都相信，那世界里不止这些幸福的人，这些好玩的事。可是，还有些什么，不知道，所以要一遍遍接着看。不知道我们那一帮整天跟着放映机跑的孩子里，有谁发现了另外的人事。我好像没有，若干年以后，经见了更多的世事之后，我常会在某一时刻发一下子呆，觉得此情此景恍惚是经历过了，又找不出证据。就自恋地夸奖一下自己，说不定这就是电影之外的人事，多年前我还是个孩童和少年的时候，就用想象力提前发现了。我乐于这样褒奖自己，顺便重温一下当年的露天电影。我几乎没有错过一场有机会观看的电影，我说的是在中心路上放映的露天电影。距我家不远，有人在银幕上咳嗽一声，我在家里都能准确地判断出它是男声还是女声。

但是露天电影不再有了。那天我站在埋杆子的地方深切怀念，远游归来这世界变了样，变就变在露天电影没了。不跟我说一声就没了。多少年里，我跟在父母后头，到自己搬小板凳坐到电影背面，到搬椅子跻身正面，看他们改变左撇子的生活方式，再到更大了，凳子椅子都不屑搬了，就站着看，先是挤在人群里站着，然后是一个人站到一边，有点冷清，内心里却颇感悲壮的孤独，就是现在小孩都在意的，酷。年龄大了一些，在外地念书了，真觉得自己在露天电影前有点酷。跟电影的距离远了。而他们，我的父老乡亲，多少年如一日地，还跟电影上的人像一家子。我就在心里说，都是瞎编的，我知道。好像他们就不知道。现在，我能看见当年脸上的倨傲是多么可笑，那种刻意的躲避和疏离是现在我所鄙视的。我果真不需要和他们在一起吗？恰恰相反，在内心里，我是多么希望能像没有离开家乡时那样，端着饭碗凑到他们堆里，肆无忌惮地把筷子伸到别人的碗里夹点想吃的菜。可是疏离是不可避免的，疏远也是无能为力的，现在每年两次短暂的还乡，我成了他们的客人。他们用对远道而来的客人一样的目光看我，说回来了？难道我不该回来吗？不仅他们，就连那些一起追着放映机跑遍村庄的伙伴，也客气了。他们说，回来了？我说回来了。他们急于躲开，我急于逃避。怎么会这样。我们见了面突然不知道把手和眼神往哪里放了。我们都像发现了电影里的那个世界之外的人事，它们突如其来地出现，让我们在各自的眼里看到了陌生。这陌生把一起追露天电影时心照不宣的热情紧紧地包裹起来。好了，在故乡，我终于成了一个异乡人。

露天电影就这么悄无声息地没了。我问母亲，她也说不清什么时候放了最后一场。那时候露天电影是多么兴盛，完全是流行了。婚丧嫁娶，都要包一两场电影以谢乡邻。一周多了能看八场，遇事的两家同时放映。我两头跑着看，哪边武打、枪战激烈就往哪边跑。我还能想起当年两头跑的景象，很多人和我一样，椅子凳子举在头顶像一群阿拉伯人。整个晚上凳子几乎都坐在我们头上，两边的电影比赛着精彩，根本没有时间把凳子安稳地放下来坐一会儿。如果没有月亮，路就是黑的，天上有星星，中心路上忙得像在赶夜集。这样的夜晚，我的快乐也马不停蹄。现在，乡村的夜晚安静了，空无一人似的安静，只看见灯光这里亮，那里亮，都关着门看电视，看影碟。多年以前的愿望终于实现了，我们成功地把电影搬到了自己家里。没有人在大街上溜达，闲也闲在家里，不拿出来给人看。都躲在家里，电影放给谁看。不知道放映员是不是这么想的。夜晚一下子倒退了多少年。跟祖母说的鬼子扫荡的时候一样，安静得狗都不干咬，到处都是空的，端着饭碗出来找不到人的空。

我不知道露天电影消失的时代好不好。想着让我难受。时间久了，忘了疼，只在想起“露天电影”这个美好的短语时，心里抖一下，再抖一下，就去干别的事了。搬到芙蓉里的第三天晚上，晚饭后经过楼下，看见公园广场上挂起来的银幕，身心都抖起来。我对晓说：“露天电影。”晓说：“哪来的露天电影？”

“一定是。”

天黑了，我趴在窗户上盯着那块银幕。直到人群聚拢过来，直到声音响起来，直到文字和人在银幕上走起来，我放下心来，回过头对晓说：“露天电影。嘿嘿。”

2005年7月19日，芙蓉里

给儿子的信

巴顿：

现在你只有一岁零九个月，但你已经让我享受了三十个月的做父亲的幸福，你要接受我的感谢。从我知道你已经做好了来到这个世界的准备，从我第一次听见你在妈妈肚子里的胎心的震动，我就习惯了把自己称作是一个“当爹的人”。我是如此珍守这个称谓，九百天里，一分钟都不曾忘记。我会抱你、亲你，在你睡着的时候把耳朵贴到你的小鼻子底下听你呼吸，以确认你和醒着的时候一样好好的；我会把你抱到镜子前，看你和我长得有多么的像，有生以来我从没有如此自豪自己的长相，世界上竟会有一个小东西长得和我一模一样，“像一个模子里刻出来的”——遗传的神奇让我深感作为父亲的荣耀。当然，当爹的幸福无原则地多：你哭，你笑，你闹，你发呆；你在梦里吧唧嘴，咯咯地笑出声来；你每天早上醒来第一声总是喊“爸爸”；你喜欢坐在爸爸的肚皮上骑大马，说“up up down”；你会穿着尿不湿偷偷地靠近爸爸，一屁股坐到我的脸上，然后坏坏地大笑——所有这些，都在深切地提醒我，因为有你，无论如何我不会是一个孤独的人。我小心翼翼地守着这些依赖，记下你第一次开口说的每一个字词，我出差尽量不超过一周，我担心在外时间久了，回到家你就不认识我了。

我对你有无尽的爱，跟每一个父亲对孩子的爱一样。我给你取小名叫巴顿，只是因为这个名字可爱、响亮，希望你硬实、快乐、磊落地成长，跟那个雄赳赳气昂昂的美国四星上将没关系。也许你必将经验波澜壮阔的人生，但是我最希望的事情却可能是，你做好一个健康快乐的普通人。让自己安于做一个普通人有多难，长大了你会知道。我没给你办满月，没搞周岁宴请，也没让你抓周。我担心过于仪式化，会让自己从此变得迷信，我不想在任何心理暗示的背景下，引导你沿别人的道路成长。我努力只在最朴素的意义上表达一个父亲对儿子的爱。我力求让自己，让你，让生活，顺其自然。

当然，如果说我还有什么隐秘的愿望，那就是希望你能喜欢上读书。不是为了让你成为一个“博学”的人，也不是为了让你当一个和爸爸一样的作家，而是要让你明白，世界上有无数种生活和人生，要从书本中获取足够的能力和平常心去做一个普通人。即使以后你有了天大的抱负，你也要以平常人的平常心去看待这抱负，不急功近利，不怨天尤人，不好高骛远，不志大才疏，你要为你的理想兢兢业业，踏踏实实地往前走。实现了固然可喜，失败了，也要坦然视之。就像爸爸现在这样，可以花好多年写一本书，仅仅因为我喜欢，多少年里努力去把它写好，至于能否写好，尽力之外的事情已经与你无关了。

儿子，爸爸本来是想写一封能让你笑出声来的信。虽然你有很多话还不会说，但我知道你都听得懂，你还不会走的时候，爸爸读诗、念故事、朗诵爸爸的小说给你听时，你躺在小床里一动不动，两眼瞪得溜圆，那时候你不说话爸爸就知道你都明白。可是这封信写着写着，我就让人厌烦地严肃起来，希望你不要烦，别转身就跑掉，看在我每次读书给你听都努力克服口音务求字正腔圆的费力劲儿上，你要理解：可能所有认真的爱，归根结底都不会是儿戏。

好，我们继续说读书的事。我把家里旮旮旯旯的东西都瞅了一遍，最后发现，能作为成长的营养给你的，只有我的六大橱书。你要知足。这些都是爸爸多年来精挑细选留下的最好的书。这些书里有你成长所需要的几乎一切东西，包括你不可能再有的乡村。这个爸爸小时候有。出门就是野地，就是自然，就是麦田、草木、河流和牛羊成群，但是爸爸找不到几本书。我用梁头、墙角、床底下和抽屉里搜到的几本掐头去尾的小说，很多年后才知道它们是《艳阳天》《金光大道》和《小二黑结婚》。但是爸爸有乡村，有端着饭碗可以吃遍半个村庄的街坊邻居，有家里养的一头水牛、两只小狗、三只花猫和一群鸡、一群鸽子和一群兔子。现在这些你都没有，你看不见草生长，看不见玉米和稻麦拔节，你也看不见猫和狗一起守护两只鸡在草垛边寻食，看不见小牛想妈妈时也会掉眼泪；你能看见的是这个城市里，对门和隔壁一年到头关门上锁，看见同龄的孩子被父母和祖父母、外祖父母抱在怀里，手举起碰到一片树叶也得用消毒湿纸巾擦干净，看见满街的人都藏在车里，中关村大街像一条流动的钢铁河流，你看见一个老人坐在路边小声说话，路人都要躲着走。

你看到的爸爸都看到了；爸爸看到的，你没看到。那个时代过去了，你无须经历，但我希望你能看到。

我的书橱里有。我可以把那些故事讲给你听，你长大了也可以自己读；你能看到的和你看不到的加起来，才是一个完整的世界。你可以从容地读完的每一本书都会善始善终，生活不会随便在前后的章节里失踪。爸爸希望那些书能让你成为一个健全的、自然的、可以俯仰天地之大、品察万类之盛的人。普通人必须依靠这些最基本的事实和真理才能心安地活着。

道理讲大了你听着会累，你才二十一个月，儿子，话说多了听着你也会烦。说个高兴的，爸爸决定6月6号再给你理一个阿福头，只在头顶上留一小圈头发。四月份给你理过，你很喜欢，逢人就指着头发说“爸爸”。你在镜子里也指过爸爸的头发，又指指自己的，让我也理你那发型。不行，爸爸要顶着阿福头出门，全世界都会笑疯的。爸爸只给你理，这样我看见你时，就像在照镜子，就当爸爸也理了一个只有你能看见的阿福头。你和爸爸长得如此之像，你是爸爸的好儿子。

三天后，你的第二个儿童节就到了。爸爸给你准备了一个小礼物，祝你节日快乐。

2013 年 5 月 29 日，广西北海

纸上生活

往前数十来年，一个乡村少年的出路大抵上只有两条：念好书，当兵。条件好一点的也许会有第三条，比如，我姑父是司机，如果我既念不好书又当不上兵，可能会去学开车。整个初中阶段我都这样规划自己的未来。“念好书”就是学习好，将来考个学校端上铁饭碗。这个鲜明的目的论其实是跳过了“书”，跳板而已。我见过太多的人，借助书获得了体面的生活，之后便再也没有完整地读过一本书。所以，很多年后我发现自己正从事一项与“书”密切相关的生活时，多少还是吃了一惊：我的任务竟然是看书和写书。

我怎么就过上了这样一种纸上生活？

再往前数，我是个更小的乡村少年。有好几年时间，一到假期和放学之后，我就抓本书去野地里放牛。乡村野地阔大，我放散牛。牛自己找草吃，我就找个地方坐下，开始看书。多半是小人书和《故事会》。偶尔也会念念有词，那是因为父亲强迫我必须把某首诗或某篇文章背会。“文革”中我父亲高中毕业，适值祖父被批斗，没办法继续念下去，后来祖父平反，又因为种种原因父亲没赶上恢复后的高考，先做了乡村教师，又当了赤脚医生，直到现在。我被强迫背诵的东西很杂，现在还记得的，有《岳阳楼记》，有《中国老年》杂志上的一首格律诗，还有一些医书上的口诀，比如出血热的症状。

如果非要牵强附会找个纸上生活的源头，这大约是最远的唐古拉山。

我没当上兵，也没能成为大卡车司机，而是一直把书念下来。这个“书”只是功课。真正意义上的书，是从念大学开始。我意识到我想成为一个作家。中学时也曾读过很多文学书，古今中外拿到手就看，但那只是兴趣，是无为而治。到了大学里不同，我对考上的学校不满，犯了小心眼，一肚子孤愤无处驱遣，就钻进图书馆自虐似的看书。看多了就开始写小说。要写就得学，继续看。另一种意义的目的论出现了。读书成了我生活的主要内容之一，之二是写作，之三才是应付平常的考试。我念的是中文系，我所做的这三件事在专业里最为正大，这虚荣也进一步鼓舞了我。我开始有意识地把书的概念紧紧地抱在怀里，正步走进纸上生活。

但小图书馆存书究竟有限，我想看的书很多都找不到。狂热的阅读大师的欲望折磨着我，急得抓耳挠腮团团转。到了大二，系里有个专升本名额，大几百号人争这一个可以到省城高校念书的机会。我从没去过这个大学，但我知道它藏书甚丰，去看那里的书成了我争取这个名额的巨大动力。那段时间我一边没完没了地复习备考科目，从未有过的勤奋，一边想象一

纸 上 生 活

个巨大的、迷宫一样的图书馆。唯一的名额拿到了。第一次进那个新的图书馆我觉得内心里有雄浑悲壮的沉默，一排排书看过去，我让自己不发出任何声音。我终于和这些书站在一起了，像见到了亲人。

因为是插班生，老师的花名册上没我名字，考勤从来考不到我。我也乐得不上课，整天往图书馆跑。外国文学那部分书架我熟悉得知道每一本书的位置，我曾按顺序一排排借出来读过。现在我依然怀念那时狂热的阅读激情，一个人，和同学们也不是很熟，跟社会没有联系，偶尔去上节课，更多时候是条灰暗的鱼，潜在水底，从图书馆游到宿舍，再从宿舍游到图书馆。冬天冷，我坐在被窝里度过了大半个学期，看完一本接着看另一本。我只过一种生活，读，然后写，我感到从来没有过的满足。

然后是教书、读研究生，更兼不曾中断的写作，书成了我的职业。出版和通讯在今天如此发达，任何一本书都可能出现在书店里，我不会再像多年前那样，为了寻找一本书上蹿下跳。要新书可以进图书大厦，要旧书可以去旧书网淘，即使孤本，只要你舍得敞开钱袋，应有就有。当年放牛的时候，认真复习要拿那唯一的名额的时候，可曾想过有一天我的书会像到了共产主义一样极大丰富？现在我开始闹书灾，一书架子满了，另一个书架也满了，一个个书架都跟着满了。每一回搬家，书都是最大的问题。去年夏天搬家，搬家的师傅累得浑身大汗，拍着码整齐的书说，这么多，能卖多少钱？我说不知道，一分卖不着我也留着。师傅说，上次给一个教授搬家，教授跟他说，藏书是种病。

我说，也是药。

如果没有这些书，我难以想象生活会是什么样子。所以，为了能健康地过下去，我的书肯定还会越来越多。

2008年4月17日，海淀南路

经典、难度和动荡的名单

何谓经典，千百年来至少有一千种定义，每一种都很科学，但这还不够，随便问一个读者，他都会说出第一千零一种来。我完全理解这无数的一千零一种定义的真诚度和科学性——标准因人而异，个体有权也理应做自己的取舍：我喜欢，我选择；我选择，我喜欢。这么说好像犯了相对主义的错误，因为“定义”这个东西通常要被“集体主义”，要整齐划一，要少数服从多数，最终成为唯一的或者唯少数几个放之四海而皆准的权威。比如，这几年哈罗德·布鲁姆的《西方正典》传播以来，我们口头上的经典就逐渐局限在莎士比亚、但丁、乔叟、塞万提斯、歌德、卡夫卡、博尔赫斯和贝克特等人身上，余者都要深陷在“影响的焦虑”中不能自拔。被布鲁姆列入仙班的众位的确是大师中的大师，这个谁也无话可说；但大师是否到此为止，西方的正典是否就全在他之言论所及和书后漫长的附录里，我看不好说。他看重的我未必就觉得一定好，他不喜欢的我常常生出想为他添上去的冲动。

当然，大可不必较真，这也就是一个人的名单，布鲁姆不是上帝，允许他看走眼，也允许他看漏眼；所以，如果我真打算修正这位“西方传统中最有天赋、最具原创性和最具煽动性”的文学批评家，你也不必像见了暴民和反贼那样胆战心惊厉声断喝：“小子安敢！”我相信不管谁，包括布鲁姆本人，一一核对那串道路一样长远的名单，也会想要去纠偏，因为想法会变，因为想法必须变，否则就意味着我们都没有往前走。

我们都随身带着一串经典的名单，我们也都在淘洗和更新这个名单，区别固然在名单上的出入，更在于淘洗和更新的标准的差异。多年前，我的经典罗列方式与教科书同构，四大名著，鲁郭茅巴老曹，车别杜，三红一创青山保林，别人说什么好我也就认为那好——如果不好，那为什么大家都说好？既然大家众口一词，我觉得有问题那一定是我的问题。权威的教育成功地制造了“一言堂”，也成功地培养了我的自省精神：凡事先挑自己的毛病。后来发现这自省味道不对，变了质，患了强迫症的自省本质上是自卑，是不自信。我就这么信不过自己？不是信不过，是没有能力相信自己——要从容坦荡地相信自己是多么困难，我们得把心头上密密麻麻挤着的天使、权威、集体主义和天地君亲师一个个全清扫掉，大扫除需要更大的能力。我不敢说已经清扫完毕，显而易见，根本不可能清扫完毕（这个事实让人绝望），但我的确在尽力照自己内心最基本、最朴素的需要去定义经典：我的经典，只按我的标准。

难度。我把标准简化成一个词，两个字。作为一个专业的文学阅读者和写作者，我只把对我的阅读和写作构成一下子难以企及和让我绝望的难度的作品与作家供进万神殿。我说的是“难以企及和让我绝望”的。阅读多年，从文多年，每个写作者心里都有一杆秤，好的坏的（个人意义上的）一目了然，有些作家和作品你知道假以时日，三五年，十余年，乃至穷其一生，也学不来赶不上，我以为那就是经典。有些作家和作品我不喜欢，永远也不会走那个路子，但我知道他们的好，设身处地地理解他们时我依然觉得尽力而难以达到，他们也是经典。在一个人的意义上，难度是相对的，因此经典也是相对的。因此，我的经典的名单变动不居，因为更新之快、变化之剧烈和反复无常，完全称得上动荡。

十多年前读书写作，但凡好一点的东西于我皆有难度，因为入门尚浅，看什么都是西洋景都是花花世界，绝大多数作家和作品都远在想象力的尽头之外，所以基本上见了大个儿的就当神，见了神就拜。我把经典的名单弄得繁复臃肿，囊括了有史以来大部分像样的作家和作品。然后读书日久写作日深，发现过去那些所谓的巨无霸很多其实也就是纸老虎，只是看着吓人而已；三五年过去，你未必就比他们差，已经不比他们差，至少作品中一度神秘莫测的部分你已经了然于胸，你知道已经达到或者如何轻易地达到。这是个残酷且快意的征程。眼见着一尊尊偶像迎来黄昏，眼见着他们崩毁倒掉消失不见，你会痛心——真的是痛心，否定偶像也意味着对过去的情感与判断的自我否定。大规模的自我否定深重如死亡。当然也有快意，文学是角力场，不管如何美化，超越都是看不见硝烟的战斗，非关名利，而是创造本身——创造只能踩着别人的肩膀往上走，你上去了，就是胜利了，这个喜悦没必要遮遮掩掩；把那些传说中的仙尊请下神坛，让凡胎的归于凡胎，让装神弄鬼的归于巫婆与神汉，让你的文学世界玉宇清澄，这样的快乐也是清晰和深刻的。

仙班中自然也有反复。大神们上去了可以下来，下来了同样可能再上去。阅读和写作是个发现的过程，你以为你越过他了，若干年后带了另一番经验和阅历来重读，发现你远未穷尽，其中有新义存焉，甚至越看越多，那么他们会从尘埃里重新站起来，雄赳赳气昂昂地回到经典的名单里。可见，经典是不完成的，小名单也动荡反复。

最大的动荡在于它的无止境，就有了大名单。经典的大名单将和山河岁月一样漫长。这世界上的好东西绝非汗牛充栋所能形容，即便时间就此打住，你也不敢说已知了这世界的万一。儒之大如苏格拉底都说，我唯一知道的是我一无所知，我们还是老老实实考虑自己是不是文盲吧。即使不必如此谦虚，像爱因斯坦那样客观一点，事实也只能是：知道得越多才知道得越少。爱因斯坦给疑惑的孩子们画了一个圈，说，在这个圆圈内是我已经掌握的知识，圈外则是我未知的世界，当我掌握的知识越多，这个圆圈的周长就越大，和外围未知世界接触的范围就越广，所以，其实我不懂的东西更多。

经典的名单到这里已经从狭隘的文学门类里生发出去，那可能就不是“难度”这一个词当得了家的。但对文学而言，从来都要从更广大的世界中寻求灵感与资源，那么，经典的名单突破文学的疆域并非难以理解，如此，经典之漫长与动荡——请发挥我们各自的想象力吧。

2011 年 3 月 13 日，知春里

孤绝的火焰

——重读黑塞

十几年前读黑塞，留下来的印象是，这是个我很喜欢的散文家；现在重读黑塞，我觉得他是一个诗人和人生哲学家；而真正让黑塞名世的当然是他的小说，我过去和现在读的也基本上都是他的小说——这就有意思了，为什么我读着小说却偏偏无视他的小说家身份呢？

得好好想想。

十几年前我刚念大学，正值年少，半瓶醋，生瓜蛋子往往最张狂。似乎年少时都如此，你憋了一肚子情要抒，你满脑门的歪理邪说想对人讲，你都静不下来去踏踏实实体会一个长故事，也没那个耐心去认真打捞诗歌分行后漏掉的那部分意蕴，你以为什么都理解什么都能理解，喜欢摘抄和使用甜得发腻的抒情段落和那些峨冠博带的哲理篇章，那么，读黑塞正合适。他的情感比我还泛滥，文字比我还美丽忧伤，对人生和精神的思索更是我所莫及——他把我镇住了，一肚子的情和话硬生生地咽回去。无知者可以无畏，即便我从黑塞那里得到了不少见识，依然无所畏惧，有的反倒是同盟者的会意与窃喜。我在他那里看到了我想抒的情和我想说的话，他如此善解人意，仿佛下笔时想到了世上还有另外一个人；他说得又如此之好，我完全可以拿过来就用，我振振有黑塞词，满可以把别人唬得一愣一愣，半瓶醋晃荡起来的感觉也很好。如果没看过《纳尔齐斯和歌尔德蒙》，你能知道精神属父、艺术属母不是我说的？

反正那时候我是把黑塞当成了摘抄本，一个刚刚看见文学和思想的影子的准文学青年，只会对他作断章取义的欣赏和理解，指点和倾诉欲望汹涌澎湃，等不及我从整体上把握一个作家。因为言说和满足言说是年少的第一要务，我看见的黑塞文字，只能是散文，不会是诗或者小说。

那么时至今日，为什么他依然不能重新做回他的小说家？或者说，在他的小说里，为何我看到的黑塞更为清晰的形象乃是一个诗人和一个哲学家，而非小说家？

前段时间朋友短信我：一定要看《悉达多》。她的意思或许是，我与黑塞有相同的职业，既为典范，且是她千里挑一的钟爱之书，我应该看一看。朋友的眼光素来令我敬佩，我赶紧往书店跑，拿到这个三月份刚出的新译版本。恰好之前刚读过菲利普·罗斯的小说《凡人》，和《悉达多》一样，是个薄薄的小册子，题旨也颇类似，都是对人一生的证悟：前者凡俗，一生琐碎卑微，死有无奈也有清明；后者修道，艰辛破执求索，终得了晚年宁和的正果。两相比较，我回朋友短信：我更喜欢《凡人》而非《悉达多》。原因是，我在《凡人》中看见了小说应有的丰沛的人间烟火和日常细节，看见了一个活生生的人如何一点点死去，他遵循着在这个世界里生活的逻辑；而在《悉达多》中，我看到的只是一个人在往一个抽象的真理狂奔——尽管悉达多悟道的历程缓慢曲折，但他的历程如公交车线路一样早就被黑塞预设好了，悉达多只要不出轨，必定能如愿抵达终点。黑塞在小说里给了形而上充分的空间，形而下的世界则寥寥几笔，我看不到一个人在通往未知的征程中必将面对的无数的偶然性，也看不到他在众多偶然性面前的彷徨、疑难、否定和否定之否定，那些现实的复杂性被提前过滤掉了，生命的过程因此缺少了足够的驳杂和可能性。

不唯《悉达多》，《盖特露德》《罗斯哈尔德》《德米安：埃米尔·辛克莱的彷徨少年时》《纳尔齐斯和歌尔德蒙》，等等，大多皆如此。我知道它们都是振聋发聩的经典，作为小说从它们诞生之日起即开始惠及众生，我在阅读中也时时为之唏嘘动容，但我仍然要说，我看到的更像是一个卓越的诗人和哲学家在讲故事——故事从来不是诗人和哲学家的目的，他们只在借故事表达古怪的激情和某种涉及精神疑难的真理。他的小说如同一个诗人自闭于修道院里写就的，少了市声、杂音和喧嚣，他激情难抑，但少有鲜活澎湃的生命感；他对灵魂的追问一意孤行，以致无暇顾及纷扰的日常细节和现实逻辑，人物和故事因此自在地在意念的空间里生长，主人公很容易抬脚就迈上一条纯粹的精神之路。

的确，很少有作家有能力像黑塞这般深入我们的精神困境，因为很少有作家有能力面临黑塞那样多的精神问题。这个从小就以逃学来反抗陈腐的教育制度和枯燥的宗教家庭氛围的德国人，敏感、多思，对浪漫的幻想永无餍足；浪漫主义者从来都是理想主义者，而理想主义者中几乎所有人都只能是失败者，世界永远不会给他们提供匹配的时代和生活，黑塞在其中，注定与世界为敌。当他的信仰为世所伤，他会像堂吉诃德一样提枪上马，大战风车。设想一下他火焰般的激情，以及他追寻内心的孤绝的志向，再设想一下，如果一个认死理的人疯狂起来，结果会是什么？——他必定身陷重围。有黑塞的一生为证：一个人反战，一个人隐居，一个人独自承担畸形残缺的家庭生活。不出问题才是怪事，所以他不断经历精神危机，不得不求助于荣格的弟子。

由此，就能理解为什么内心、精神、信仰、意义等宏大抽象的命题充满了黑塞的文学，甚至很多小说本身就是破解一次次精神危机的产物。也由此，可以解我的疑惑：黑塞想做的其实是正视内心，寻找灵魂的出路，小说不过是用来展示他寻找的历程；他怀抱如此巨大的激情和精神焦虑，小说也只好趋于诗化和哲学化了。

2009年9月22日，知春里

我为什么喜欢凡·高

作为一个资深的油画门外汉，我喜欢凡·高已经很久了。你让我专业地说说喜欢的原因，我说不明白，就是喜欢；那种焦灼、燃烧的动感让我心有戚戚，我觉得油画就该那样，不管隐忍还是蓬勃，生命的质感你得出来。所以，到荷兰，凡·高博物馆是一定要看的。的确看了，那要另说，现在我要说的是荷兰的国立博物馆。

那一天和阿姆斯特丹往常一样，下了一阵雨天就晴了。其他楼在装修，国立博物馆只开放一栋楼，两层展室，不大，但对荷兰这样袖珍的国家来说，这样的规模可以理解。重要的是，馆里藏了不少好东西。

除了凡·高的一幅自画像，镇馆之宝是伦勃朗的那幅著名的《夜巡》。这是巨作，占了整整一面墙，十八个人在画上栩栩如生。这么大还是被裁剪之后的篇幅。当年该作进贡皇宫，不知道领导还是管家嫌大，一挥手，切掉了左边四十一厘米宽的画面。皇家总是财大气粗，反正好东西多一个不多、少一个不少，伦勃朗的也照样裁。旁边有幅原画的临摹之作，对比后你会发现，大师的东西果然不是俗人可以随便乱动的，我这个外行都看出来，剪辑后的画面在平衡感和对称性上，跟原作差了一大截子，重心不稳。两层楼上下仔细瞻仰了一遍，该馆的副馆长问我，喜欢《夜巡》吗？我说，更喜欢伦勃朗的另一幅，《犹太新娘》。他想知道原因，我的理由是，眼神好，还有一块油彩凸出来了。副馆长笑了。

可能馆长同志没见过这么不靠谱的观众。没办法，让我心动的的确就是画里一男一女的眼神，还有男人胳膊上贸然凸出来的凄厉的油彩。那眼神是一个人的心思在动，有活的东西在；而那一小堆油彩色块，纯属非法之举，在十七世纪（乃至十九世纪）及前的油画里，很少人如此泼辣地原生态，胆敢将油彩涂上去不收拾好——装修工人都知道涂料上了墙，要摊平、抹匀，打磨得像镜子一样光滑。前伦勃朗时代的油画好像都镜子般地光滑。这正是我不喜欢的，那种看上去酷似印刷出来的平滑、安详的效果让我觉得是赝品。那些画很贵族，颜色和画面繁华富丽，百分之九十以上是肖像画和风景画，适合挂在豪华的客厅迎接贵客：衣物精致细腻，每一个细节都不放过，但人物就是眼大无神，表情就是无限接近空白，所有人长得像一家人，干什么都充满了仪式感，无比端庄（端得很好，装得很像）；就连风经过山野和树梢，也少了自然之气，如同统一从庙堂上吹来的，也很端庄。

过于端庄有虚伪之嫌，所以我不喜欢那些平滑安详的贵族式油画。副馆长说，馆藏的十七世纪画中也不全都端庄、贵族，也有很民间和质感的，不过没展出。且说这《犹太新娘》，副馆长的小眼睛在圆形镜片后一笑，夸赞我跟凡·高一样有眼光，凡·高当年就激赏此画。1885 年，荷兰国立博物馆刚刚开馆，胡子拉碴的瘦凡·高来了，盯着这幅画就不眨眼，恨不能吃下去。据传，凡·高语录是这样的：能坐住了在这里看此画两周，宁愿早死十年。作于 1652 年左右的《犹太新娘》对凡·高意义重大，具体重大到啥样，我没去查资料，会不会就重大在画中身份模糊的男人胳膊上的那一小块凌乱堆积的油彩呢？如果重大在这里，我就赧颜与凡·高一样有眼光一回。反正我们知道，凡·高是个穷鬼，但在十九世纪的画家中他出手又别样的阔绰，差不多是全世界最大的油彩浪费者，画画跟蹩脚的泥瓦匠抹墙一样，一点都不懂得节制。他把一幅画弄得像航拍的地形图，每一块地方都凸凹不平。

对，我喜欢的恰恰就是这个凸凹不平，不贵族，不端庄，不安详，仿佛暴起来、扭开去的神经。它让我觉得画上的男人立马活了起来，跟着整幅画也有了生命和温度。它有了生命感。在所有人、所有画都完美到了失去生命感的时候，伦勃朗出其不意地放大了缺陷，画上的男人因此成了那个男人自己，伦勃朗因此和无数的画家区别了开来，凡·高因此站在这幅画前流连不舍，说，早死十年也值。

很多年里我都在想，凡·高为什么如此笔墨铺张，像用不要钱的泥巴一样用颜料，他使用条状和块状的笔墨语言，他胆敢如此！在《犹太新娘》跟前，我恍然大悟，谨慎的伦勃朗只是在胳膊上冒了一小下险，到了凡·高那里，他让星星之火燎原。他有比伦勃朗更澎湃、粗粝和喧嚣的激情需要呈现出来，他要扭曲、愤怒，他要燃烧，让画布上一个变形的世界丘壑纵横，唯其，才逼近他这个人。事实上，正是从1885年起，凡·高的画成了凡·高之为凡·高的见证。这叫修辞立其诚。

2011年7月10日，知春里

后 记

古人说的“读万卷书，行万里路”，是一种高标准、高品质的生活。对此生命的追求，真正实施者甚少。读书破万卷不容易，远行也是多有不便。时间走到了今天，旅途变得十分通畅，行万里路已经不是问题，读万卷书却仍不是件易事。这需要个人的自觉及社会的推动。而文字是一种释放，也是一种交流。作家的写作同样需要与读者互动。

漓江出版社顺应需要，提出了散文精品城际阅读，编辑系列名家丛书，以迎合扑面而来的旅途与信息相融的高铁时代。

谈起选题时，我们就谈到了“七”这个数字，它是“赤橙黄绿青蓝紫”的七，是“哆来咪发唆拉西”的七。让人联想到色彩的无限斑斓与乐曲的美妙变化。那么就定为七人吧，每年邀约七位当今活跃于文坛的作家，以构建可资阅读、珍藏、研究的厚重文库。

作家们欣然响应，很快组成不同性别、不同年龄、不同地域、不同风格的七人年展。毋庸置疑，随着时间的推移，这个精品文丛将会显示出它茁旺的生命力。

王剑冰

2017 年夏

王剑冰，著名散文家，我社《中国年度散文》《中国年度散文诗》主编，《旅伴文库 · 散文精品城际阅读》主编。

请记下你与日子的美好相遇

请记下你与日子的美好相遇

请记下你与日子的美好相遇

请记下你与日子的美好相遇

请记下你与日子的美好相遇

请记下你与日子的美好相遇

请记下你与日子的美好相遇

请记下你与日子的美好相遇

请记下你与日子的美好相遇

请记下你与日子的美好相遇

请记下你与日子的美好相遇

请记下你与日子的美好相遇

请记下你与日子的美好相遇

请记下你与日子的美好相遇

请记下你与日子的美好相遇